悪の総統は逃げたつがいを探している 上

Aku No Soutou Ha Nigeta Tsugai Wo Sagashiteiru

梅したら
Shitara Ume

練馬zim
Zim Nerima

ベス
阿僧祇刹那(36)
阿僧祇刹那(19)
レイン・ヒュプノス

悪の総統は逃げたつがいを探している
人物紹介

イラスト　練馬zim

一章　総統閣下の茶飲み友達

晴れ渡る空。心地よい風。あたたかな太陽。

昼下がりの屋上は最高だった。

俺の膝を枕に眠るイケメンがいなければ、もっと心穏やかでいられただろう。

「あのー……」

そろそろ仕事に戻らないといけないから、どいてくれないだろうかと軽く足を揺すってみる。だが、サラサラの金髪が目元にかかり、謎の色気が増しただけだった。

穏やかで爽やかな午後なのに、この男だけは夜の中にしか存在しえない色香を纏《まと》っている。

「総統……総統閣下……！」

「役職で呼ぶな」

少し大きな声を出すと、ようやく鬱陶《うっとう》しげに返事をしたこの男の名は、レイン・ヒュプノス。

ビルのメンテナンス作業員をしている俺が派遣されてきたビルを所有している組織のトップ。

――『悪の組織』なるものの総統閣下だ。

「呼ぶなと言われても……前から言っているように、俺のような者があなたの名を呼ぶわけには」

「今は休憩中だろう。お前も、俺も」

元から眠ってなんていないだろうに、頑《かたく》なに目を開けようとしない男に俺は、はぁと息を吐いた。

俺なんて、外注の下っ端だ。最初から、この男が命じれば逆らう権利はない。

「……レイン」

屋上には二人きり。

それでも万一、彼の部下に聞こえては面倒なことになると、風にかき消されるほど小さな声で囁《ささや》く。

それでも聞き取ったらしいレインは、満足そうに唇の端を持ち上げた。金の糸にふちどられた瞼《まぶた》がようやく開かれる。

夜空に浮かぶ月のように美しく孤高の、仄《ほの》かに赤い金の宝玉。

吸い込まれるような美しさに、否応《いやおう》なく目が奪われ、息を呑《の》んだ。

「ポチ」

グッボーイと、犬を褒めるように撫《な》でられる。仕事でボサボサになっていた茶髪を、更に乱された。

大きな手のひらは、不覚にも心地よい。

もし人の身で可能だったなら、俺は喉をグルグルと鳴らし、尻尾を振っていただろう。

それでも一応人間として、犬扱いには異を唱えておく。

「ポチじゃないです」

「名を教えないからだ」

「だからって、ポチはないでしょう、ポチは」

地位だけじゃなく、能力的にも大きな開きがある俺にとって、レインは天上人に等しい。

会話することすら恐れ多いのに、名を覚えられるなんてとんでもないと名乗らずにいたら、勝手にポチと呼ばれ始めた。

俺は今ワケアリで、本名を名乗るわけにいかないから、アダ名を受け入れざるをえない。

それでもポチ呼びは、俺に残ったわずかなプライドに引っかかった。

あと、新たな扉を開きそうで怖かった。レインには人を容易に狂わせる魅力がある。

そんなレインが、今は一見すると無防備なのも、心臓に悪かった。

「あっこら、ホールドしないでください！」

「うるさいな……」

ごろんと寝返りを打ったレインが、俺の腹に腕を巻きつけてくる。

俺の作業用のツナギが、レインのオーダーメイドのスーツを汚さないかと冷や冷やした。

二十歳のレインと今は十九歳の俺は、一歳しか離れていない。だが、身長も体格もあまりにも違った。精一杯もがいてもビクともしない。

——まるで、抱きしめられているようだ。

そんな考えが脳裏をよぎり、顔に血が集まる。心臓が歓喜に震えた。

でも正直、困る。

離してくれと、強めに言うべくレインを見た。

しかし、その目の下に薄《う》っすらとクマが浮かんでいるのを見て、発しかけた言葉を飲み込んだ。

息を吸って、吐く。

無意識に伸ばしてしまった手を宙で止めた。まさか総統閣下の頭を撫でるわけにもいかないだろう。

撫でる代わりに軽く広げ、レインの目元に影を落とす日除《よ》けにする。

「……昨日も、眠れなかったんですか」

「ああ」

声に疲れが滲《にじ》んでいるのがわかった。

レインは長いこと、まともに眠っていないらしい。

今も昼寝している風に見えて、実はずっと起きていた。いくら雑魚といえど、俺という本名すら不明の男がいる場所で寝入るほど、悪の総統の警戒心は易しくない。

それでも、目をつぶって横たわっているだけでも休息にはなるのだろう。

レインは俺の休憩時間にふらりと現れては、ともに過ごすようになった。出会った頃に比べると、多少は顔色が良くなっている。

(眠れないなんて、辛《つら》いだろうな……)

再び無意識のうちに、風でさらりと揺れる金の髪に指先で触れようとして、慌ててやめる。

レインといる時、俺はいつも以上に気を引き締める必要があった。

もし、望んだままレインに触れてしまえば、そこから俺の気持ちが流れ込んでしまう気がしたからだ。

俺のような三下が持っていいはずのない、親愛とか……恋慕とかが。

——俺は昔から、この男を愛していて、今も恋心は消えずにある。

墓まで持っていくべき秘密だ。今度こそは。

「そ、そうだ、お茶淹《い》れますよ俺。今日は、いい茶葉が手に入ったんです」

「………」

だから離してくれと腕をつつくと、ようやく緩んだ。

すぐさま抜け出すと、体を起こしたレインが不満げに睨《にら》んでくるが、気づかないフリをする。

「レインもきっと気に入りますよ」

「茶なんて、どれも同じだろう」

「またそんなことを。悪の総統なんだから、いいものを飲んでるでしょうに。いつもは一山いくらのものしか出せなかったけど、今日のは自信を持って出せます！」

隅に放ってあったナップザックから、携帯コンロと鍋を取り出す。水もよいものを水筒に入れてきた。

俺は、口に入れるものに拘《こだわ》りたい方だ。特に紅茶が好きで愛飲していた。

しかし、いかんせん今はその頃と違い、最低賃金を割るほどのブラック薄給。中々よいものを得られずストレスだった。

——レインとの出会いは、そんな俺が屋上で休憩時間に苦々しい顔で、まずい紅茶を啜《すす》っていた時に遡る。

あまりにも苦々しい顔で啜っていたため、他者にほとんど興味を示さないレインが、思わず声をかけてきたのだ。あの時は驚いた。

一応社交辞令として、その時飲んでいた紅茶を勧めてみたところ、レインは平気な顔で飲み干した。

正直言って混ぜものだらけの、紛《まが》うことなき粗悪な茶を、だ。

表情一つ変えず粗茶を啜った悪の総統に、俺は「嘆かわしい……いいものを飲ませてやる……！」という一心を抱いた。

そしてブラック薄給から毎日コツコツと貯金をし、ようやく気に入りの茶葉を一握り買い求めたのだ。

茶葉さえあれば、淹れ方も温度もわかっている。

カップまで揃《そろ》えることはできず紙コップだが、仕方ない。

「はい、どうぞ！」

「……いただく」

差し出すと、レインは小さな紙コップを長い指先で器用に受け取った。

なんてことない仕草だが、この男は動作の全てが優雅に見える。安物の紙コップだが、レインが持つだけで高級店のテイクアウト品と錯覚した。

自分の分はベコベコになったアルミのカップに注ぎ、立ち上《のぼ》るふくよかな香りを楽しむ。

「ああ……これだ……ずっと飲みたかった……」

「いい香りだな。フランスの老舗のものか」

以前に顔色一つ変えず粗茶を飲んだレインだが、舌が鈍いわけではない。俺の今の給料一ヶ月分に近い値段の茶葉に、ふわりと微笑《ほほえ》んだ。

俺も、夢にまで見た紅茶を一口含む。鼻に抜けていく香りと舌に広がる柔らかなほろ苦さに頬《ほお》が緩んだ。

「この茶葉と同じものを、育ての親が気に入っていた」

「んっっっっっっっ」

突然爆弾を投下され、吹き出しかけた。給料一ヶ月分を無駄にしてなるものかと必死に口を塞ぐ。

「どうした？」

「ん……んーん……!!」

「気管にでも入ったか」

なんでもないと必死に首を振れば、レインはあっさりと引き下がった。

レインが俺にあまり興味がなくて助かった。元々、他人に無関心な男だ。俺のことはちょっとした暇つぶし程度に思っているはずで、屋上でのこの休憩時間が終われば、俺たちの間にはアルプス山脈ほどの壁ができる。

　気を取り直して、さてもう一口。

「お前と最初に会った時の表情も、育ての親に似ていたな」

「んふっっっっっっっ」

　再び口を塞ぐはめになった。カップが盛大に揺れて中身がこぼれる。

「まずいものを口にすると、あんな風に思い切り顔をしかめる人で——どうした、また気管に入ったか」

「い、いや、まあ、そんなところです」

『紅茶を飲んだ瞬間に爆弾投下するのやめてくれます!?』と叫び出したい気持ちでいっぱいだったが、相手は天上人、まさか本当に言うわけにはいかない。

　ツナギと地面を濡らす、カップから半分ほどこぼしてしまった紅茶から目を逸《そ》らす。

泣き出したい気持ちを押し込め、口元をリストバンドで拭った。ああ、今拭いた分だけでも日給分くらいはありそうだ……。

「そ、育ての親ですか～。俺に似てたって、どんな人なんですか？」

　触れないのもおかしいかと思い、そう返してみる。だが、内心では冷や汗まみれだった。

　レインと出会ってから、約三ヶ月。今まで特に話題に出たことがなかったから、完全に油断していた。

　レインの育ての親を、俺は知っている。

「見た目も歳《とし》もかけ離れているが、少しお前に似た雰囲気の人だ。あの人は三十六歳だったが……お前は歳のわりに老成しているな」

「老成って、ぴっちぴちの十九歳つかまえてやだなーあはは……」

「彼はある日突然消えてしまい、探し続けてそろそろ二年になる」

「さ、探してるんですねー」

俺はバンダナを巻いていたが、吸いきれないほどの冷や汗をかいていた。こめかみに伝う汗をリストバンドで拭いながら、適当に相槌《あいづち》を打つ。この話早く終わらないかな。

「ああ。名を刹那《せつな》——阿僧祇《あそうぎ》刹那という。見つけたら教えてくれ」

「はあ。……ところで、どうしてその人を探してるんですか？」

ふと、強烈に気になって問いかけてしまう。

幼子や老人ならともかく、姿を消した時点で三十六歳のおっさんだ。いくら育ての親だといっても、悪の総統が三下に頼んでまで探すような相手ではない。

ものすごく、嫌な予感がする。

そして、俺のそういう予感は当たるのだ。

「——彼には、言いたいことが山ほどある」

腹の奥から押し出したようなレインの声音は、平坦だった。

しかしその中に言いしれぬ怒りが込められていて、俺の全身に鳥肌が立つ。

威圧感でチリ、と空気が震えた。

レイン・ヒュプノス。世界中に支部を持つ『悪の組織』のトップ。世界中の悪に崇拝される悪のカリスマ。

そんな男が、これほどの怒りを向ける相手は、見つかればタダでは済まないだろう。

（……俺なんだけどぉ……）

紅茶をこぼした時の何倍も泣き出したい気持ちだった。

――彼の探し人は、俺だ。

俺の本名は阿僧祇刹那。

今はわけあって十九歳の青年だが、元は三十六歳で、レインの育ての親だったおっさんである。

そして二年前――俺はレインが好きすぎて、口説いて童貞を奪い、逃げたのだ。

彼の怒りに心当たりしかない。

（正体がバレたら殺される……!!）

俺は全身の血の気が引くのを感じながら、正体を隠し通すことを心に誓った。

＊＊＊

『改造人間720号、肉体強化系ランクE異能のみ確認。低級備品寮へ移動』

揺蕩《たゆた》う意識の中、聞こえたのはそんなアナウンスだ。

二年前、レインが好きすぎて童貞奪って逃げたおっさんは、『正義の味方』という集団に捕まった。

そのまま人権を無視した改造を施され、元の姿とは似ても似つかない青年になった。

この体で最初の記憶は、透明なチューブの中で緑色の水の中に浮かんでいた時のことだ。ぼやけた視界の中で、白衣の人間がバインダーを手に俺を見ていたのを覚えている。

そして、低級備品寮という名の一部屋二畳しかなく風呂トイレ共同のアパートに移された俺は、一ヶ月五千円という驚きのブラック薄給で働かされている。

なにが『正義の味方』だ。労基《ろうき》──労働基準監督署の前でもそう名乗れるのか。

──この世界ではもう何千年も前から、名前は変わったりしているが、『悪』と『正義』が対立し続けている。

世界中の誰もが【異能】という力を持っており、肉体を強化したり炎や水を操ったり、やれることは様々で強さも様々。

そんな【異能】で悪いことをする『悪の組織』と、対抗して粛清する『正義の味方』が自然と生まれていったわけだ。

レインは悪サイドが『悪の組織』という名前になってから十五番目、つまり第十五代総統だ。

レインは五歳くらいの頃、俺に拾われた。

それより前の記憶を持たず、生みの親が誰かは今でもわかっていない。

人里離れた山奥で幼いレインを見つけた時、放たれる悪のオーラに、俺は「この子は大物になるぞ……」と思ったものだ。そして本当に、十八歳という若さであっさりと、世界中の悪のトップに上り詰めてしまった。

それもそのはず、レインはカリスマだけではなく驚異的な【異能】を持っていた。

『一切両断』──この世のありとあらゆるものを二つに分けることができるという、ランクSSSの【異能】。

両断できるものに際限はなく、望めば月すら断ち切ることができる。

【異能】はランクE~ランクSSSまであるが、大抵の人間はCかB、天才と言われる者でランクS。SSですらほんの一握り、SSSとは計測不能の域で、世界に十人いるかどうかだ。

『悪の組織』の総統という、世界の二大巨頭の片方として、これほど相応《ふさわ》しい者はいないだろう。

ちなみに改造前の三十六歳の俺は『水操術』ランクC、今の俺は『超持久力』ランクEである。

タライの水を別のタライに移し替えることができる程度の能力が、一時間ほど息切れせずにマラソンできる程度の能力に変わっただけだ。

悲しいことに、この現代社会では異能のランクが低い人間は地位も低い。

しかしさすがに最低賃金は適用されるはずなのだが、俺は改造人間だから備品扱いで非適用らしい。寮で一応の食事は出るが、一日につき、栄養を固めた味もへったくれもないブロック一個だ。嗜好《しこう》品や消耗品は、少ない給料から買うしかない。

だから俺は紅茶を買うため、擦り切れて破れたパンツを穿《は》き続けている。共同洗濯場に干していると、何度かゴミと間違われて捨てられていた(もちろん拾った)。

悪のカリスマ、レインの育て親である俺が『正義の味方』の備品として使われるのはシャクではある。だが、俺には昔から、とある目的があった。そのためなら多少の不自由は気にしないと決めている。

こうなったのも自業自得。いい罰だと思おう――と、思っているのだが。

(なんでこんなことに……⁉︎　総統が俺みたいなヒラをどうしてつけ回す⁉︎)

俺はここ五日ほどずっと、後ろからついてくるレインによって一挙手一投足を観察されていた。

『悪の組織』のビルを一人でメンテナンスしている俺は、休憩時間以外は大忙しだ。

十三階建てのビルの上から下まで、空調や水道設備のチェック。蛍光灯を替え、サーバーメンテナンスを行い、トイレットペーパーを足す。ゴミを分別してまとめ、エレベーターの点検をこなす。その他もろもろ、とにかくもろもろもろ！

低級備品である俺は『正義の味方』の小遣い稼ぎに使われていて、死なない程度にギリギリ回せる仕事を割り振られているのだ。

（いや一人で十三階建てのビルの点検さすな。労基、労基ー‼）

と、内心で呪詛《じゅそ》を吐きながら慌ただしく走り回るまでは俺の日常なのだが、なぜか俺の後をレインがついて回るようになった。

俺は汗だくで走り回っているというのにレインは汗一つかかず、普通に歩いているような優雅さでぴったりと追走する。

【異能】を使いこなすには相応の身体能力も必要なため、高いランクの【異能】を持つ者は必然的にそちらも優秀だ。

レインは、ランクEの『超持久力』を持つ俺よりもよっぽど体力がある。つまり実質複数の【異能】を持っているようなものだ。強く育って嬉《うれ》しい。

しかも、仕事面でも秀でている。ついてくるレインに当初の俺は「悪の総統ってこんなにヒマだったっけ？」と戸惑ったが、レインは優秀な上に部下に崇拝レベルで慕われているため、何もせずとも組織が回るようになっているらしい。賢く育ったな！

しかし、なぜ俺をつけ回すのかは理解できない。

いや、薄っすら心当たりはある。

育て親の話をして以降だ、レインがこうなったのは。

まさか何かを勘付いたというのだろうか。

しかし『正義の味方』に改造された俺は、年齢はおろか外見すら前とは完全に別人になっている。さすがに俺が、育ての親である阿僧祇刹那だと気づくことはないはずだ。

その点はありがとう『正義の味方』と言わざるをえない。今週は労基に通報するのやめておこう（通報しても『正義の味方』とズブズブの労基は動いてくれないけど）。

レインに追いかけ回されて、はや五日。ついてくるとはいえ俺は忙しくて会話どころではなかったし、休憩時間も育ての親の話を蒸し返されるのが怖くて何も言えなかった。だが、さすがに気になってきた。

一日二日で飽きると思っていたのに五日だ。

レインから何か言ってくるわけでもない。放っておけば、休憩時間は例の寝てない昼寝をしていた。

レインの真意は気になる。万が一、俺が阿僧祇刹那だと勘付きかけているなら、早急に離れなければならない。

だが、今更レインが離れるのは非常に困るというのが本音だ。

なにせ、至高の存在たる総統を引き連れて動く外注の作業員を見続けた『悪の組織』の面々は、いい加減に堪忍袋の緒が切れそうな顔をしていたからだ。

というか、多分もう切れている。一人になったらリンチされそうで怖い。

——怖いと、思い続けるのもストレスだった。

そして俺は結構、我慢ができない性質である。

「あ、あのー……総統閣下」

「名前」

「レイン……なんでついてくるんですかね？」

二人きりになった隙に、ついに疑問を口にした。

そうできたのは、空間の力もあるだろう。

やっと訪れた休憩時間、いつも通り屋上に向かおうとしたら、なぜかレインによって最上階の部屋に引っ張り込まれた。

無垢《むく》材の床、豪華な革張りのソファ、一枚板のテーブル。くつろげるように拘り抜かれたインテリアの――総統の私室。

ここは俺にとって、いつもよりほんの少し安らげる場所だった。

「とりあえず、座るといい」

「はあ」

促されてソファに座ると、隣に座ってきたレインに肩を引かれた。近くにいると引き寄せてくるのはレインの癖だ。犬とかにもよくやる。

「……お前は、あの人に似ていない」

「いや似てないですね」

「似ている」

食い気味に否定したのに、きっちり言い直された。ちくしょう。

「総統閣下の育ての親御さんでしょう？　そんな偉大な方と、こんな青二才がどう似ているって言うんですか」

「似ている部分は色々あるが……例えば、青二才という十代らしからぬ語彙《ごい》や」

「うっ」

しまった、敬語だけじゃなく語彙にまで気を使うべきだったか。

「手が足りない時は、足を使えばいいかとばかりに、足まで器用に使うところや」

「あっ」

無意識にやりがちで、一緒に暮らしていた頃は行儀が悪いとしょっちゅう注意されたことを思い出す。

「忙しい時に、怒り心頭の顔で笑うところなど、あの人そのままだな」

「へぇ～」

俺そんな癖あったのか。よく見ているなと思わず感心してしまう。

しかし、そんな場合じゃなかった。レインが疑いの眼差《まなざ》しで俺をじっと見ている。

「た……確かに、癖は似てるみたいですけど？　そんな人間、探せばごまんといますよ！」

「二年間探しているが、ここまで似ているのはお前だけだ」

「じゃあ再来年にはもう一人見つかりますって。ほら倍になる」

「そうやって、雑な計算で言いくるめようとするところも似ているな……」

「ああ言えばこうおっしゃる……」

ダメだ、喋《しゃべ》るとボロが出る。

レインの疑いは深いようだ。それも、かなり前かららしい。

もしかして、あの日に屋上で知り合ってからずっと観察され続けていたのだろうか。

先日は突然育ての親の話が出たと思ったが、俺と育ての親の共通点をある程度見出《みいだ》したからだったのかもしれない。

「お前は、あの人の――」

「あの、すっごく電話鳴ってません？」

これ以上何か言われる前に話を逸らそうと思っていたら、運良くレインの方から端末の振動音が聞こえてきた。

「………………」

レインはしばらく無視をしていたが、一向に鳴り止《や》む気配がない。

「何だ」

渋々通話に出たレインは、俺に聞かれないようにだろう。ソファを離れ、扉の方へ向かった。

出ていくならその隙に、仕事に戻るフリして逃げようと思ったが、レインは扉の前に陣取って俺をしっかり見張っている。抜け目がない。

仕方なくソファに身を預け、足をブラブラさせながら、聞き耳を立てた。

「目星がついているならば、前に指示した通りに。謝る暇があるなら、元から俺の手を煩わせるな」

さすがに通話相手の声までは無理だったが、レインのやる気なさげな応答は聞き取れた。

（うーん部下には塩対応。悪の総統として百点満点……）

改造人間にされた俺がここ『悪の組織』のビルへ配属されたのは、偶然だ。

『正義の味方』の資金集め用の、正義など無関係なフロント企業から、適当に派遣されただけ。

しかし、来たら来たで養い子の職場見学のようで、中々に心が弾む。

ソファ越しに顔を出して覗《のぞ》くと、レインは扉に軽く寄りかかり、長い足を組んで立っていた。それだけなのに、様になっている。

身につけたストライプのスリーピーススーツは、レインが十六歳になった時、誕生日プレゼントとは別に仕立てさせたものだ。

まだ若いレインに、箔《はく》がつくようにと奮発して、よい品にした。一生物になるように。

あの頃より伸びた身長に合わせて仕立て直したらしいそれは、今では箔をつけるのではなく、レインの魅力を完璧に引き立てる道具になっている。

顔は拾った時からものすごく整っていたが、成長するにつれ背が伸びて体格もよくなり、立派な悪の総統になった。いい物を食べさせ、着させた甲斐《かい》もあるというものだ。

「——これ以上しくじるならその目は不要だな。両目を潰したら『正義の味方』の本部にでも投げ入れてやろう。奴《やつ》らは、さぞお前を丁寧に扱うだろうさ」

(『悪の組織』の構成員が一番やられたくないことを！　これは芸術点が高い脅し！　百点、百点、百点！　フルスコア出ました……!!)

理想の悪の総統ムーヴに、脳内実況が捗《はかど》る。

『正義の味方』は、備品には厳しいが一般市民にはとてもとても優しい。『悪の組織』に両目を潰された人なんて来たら、憐《あわ》れんで大層親切にするだろう。

だがそれは『悪の組織』の一員にとって、死ぬより屈辱的なことだ。『正義の味方』に憐れまれる時点で、羞恥心で死ねる。

　まして、仕事をしていて知ったが現在の『悪の組織』本部の構成員は、ほぼ全員がレインに心酔していた。

　崇拝と言って過言ではなく、レインの傍《そば》で働けるなら何でもいいが、レインから離れるのだけは耐えきれないというレベルだ。

　まあ、それも無理はないだろう。レインは今は二十歳だが、俺が拾った五歳の頃からずっと、悪の心を少しでも持つ人間を魅了し続けていた。

　悪のカリスマとはレインのためにある言葉なんだと思うほどに。

　ただそこにあるだけで悪を惹《ひ》きつけ、正義の者すら悪に寝返らせる。強大で凶悪で最高の、悪のトップ。

　そんなレインに捨てられたくはないと、電話の相手も死ぬ気で働くことだろう。

（それにしても、何か大きいトラブルが起きているみたいだな。どうしてもレインの判断を仰がなければ処理できないような――ふむ、幹部が裏切りでもしたか？　ありえないが、しかしありえることでもあるな）

　基本的には構成員に、レインを裏切るような者はいないはずだ。

　まして幹部ともなれば、忠誠心は計り知れない。

　だが、崇拝とは時に複雑なものでもある。

（これは、ちょっと調べてみるか）

　俺が考えているうちに、電話を切ったレインが戻ってきた。

その眉間には深い皺《しわ》が刻まれている。しかしレインの美を損ねるどころか引き立てていた。

「用事ができた」

「あ、はい。お仕事ですね、お疲れ様です」

「……話は、また。お前には聞きたいことがある」

「はあ。俺は何も知りませんけどね」

総統の私室から出て、エレベーターで一つ下の階に降ろされた。

最上階は本来、俺のような外部の者は立ち入り禁止なのだ。

掃除は専門の部下がやるし、それ以外では幹部すら滅多に足を踏み入れることを許されない。

レインが俺を引っ張り込んだのは、阿僧祇刹那について踏み込んだ話をしようと考えたからだろう。

おそらく、当人とまでは思っていなくても、関係があるということは確信されているな。

さすがレイン、育ての親としては誇らしいが、あの優秀さは厄介だな。

「さあて……」

俺は髪をかき上げ、掃除の道具を手に取る。

(裏切る可能性がある幹部というと、誰だ？　俺が知る範囲にいればいいんだが)

通常業務以外にもやるべきことができた俺に、一刻の余裕も存在しない。

しかし。

「……この後どうしよ……」

レインという後ろ盾を失った俺は、取り急ぎ、このビルからどうやって生還するかを悩むハメになった。

最終手段と考えていても、最終的に一番大事なのは命だろう。

だから命の危機を感じた俺は、初《しょ》っ端《ぱな》から最終手段に頼ることにした。

「ベス、ベスー!!」

俺が正義の味方の下っ端構成員だとバレた時などのために考えていた伝手《つて》だ。

——何を隠そうこの『悪の組織』本部ビルはかつての俺の古巣である。

だから二年経《た》った今でも、顔なじみというものが存在した。

とはいえ二年前までの俺は、レインに心酔する輩《やから》から大変に疎まれていた。

露骨に殺意を向けられることはなかったが、密かに命を狙われるのは日常茶飯事だった。

なんたって俺は、悪のカリスマの育ての親。

レインが成長し魅力が増すにつれ、羨《うらや》みはやっかみに変わっていった。

当時、俺の【異能】はランクCという、本来は本部に勤める資格すらないもので、採用された理由はコネ百%だった。

つまり、自分以下の平凡な男が、レインという素晴らしい存在の親ヅラしているのが許せない……という者だらけだったわけだ。

あれ、今とあんまり変わらないな?

それでも、かつては俺に味方してくれた者も何人かいたものだ。しかし今は見かけない。

優秀な者たちだったから、おそらく偉くなって各国支部を治めに出たのだろう。

しかし、本部から絶対に動いていないだろう存在を、俺はただ一人知っていた。

それが、ベスだ。

「ベスー！　ベスってば！　おーい!!」

コツコツと窓を叩《たた》き、唇をガラスに張り付かせ必死に呼びかける。

大声を出すと他の人にもバレるリスクがあるため控えたかったが、中で優雅に佇《たたず》むベスが全く興味を示してくれないため、徐々に声が大きくなった。

——俺は今、屋上から専用の器具でぶら下がり、窓掃除のフリをして最上階の部屋の外側に張り付いている。

最上階のフロアには、総統の私室の他にもう一部屋あるのだ。その中にベスはいた。

窓は閉め切られているが、カーテンは開かれていた。だから俺からは、中で背を向けているベスの姿がよく見える。

「俺だよ俺！　ベス、俺俺！」

必死すぎて、今どき『悪の組織』でもやらない詐欺のような言い回しになってしまう。

しかしベス以外の者に、万一でも俺が阿僧祇刹那だと知られるわけにはいかないから、名乗ることもできない。

ベスは、俺の渾身《こんしん》の呼びかけにも興味なさげに身を揺らすだけだった。

「うーん、仕方ない……」

俺はガラスから唇を離し、上がった息を整える。

いくら窓掃除のフリをしていても、長くここにいては怪しまれる。

久々に会って早々で多少気恥ずかしいが、照れている場合でもない。腹をくくり、背筋を伸ばした。

なるべく誠実に、プロポーズするような気持ちで、大きくも小さくもない声でそっとつぶやく。

「ベス。俺の愛《いと》しき翼。お前の力が必要なんだ、助けてくれ」

すると俺の声に無反応だったベスの身がぴくりと揺れ、ざわざわと毛が逆立った。

……怒っている。ものすごく、怒っている。

無理もない、今の俺は阿僧祇刹那と似ても似つかない青年の姿をしているからな。

振り向いたベスの瞳には燃え盛らんばかりの炎が宿り、俺を睨みつけていた。

「ベス──俺だよ」

俺はツナギの胸元をくつろげる。

トン、と指差した心臓の位置に、今の体は何もない。

だが、かつての俺は、そこに大きな火傷《やけど》の痕《あと》があった。

『──刹那？』

ベスは──部屋の中のとまり木に佇む、大きく美しい赤い鳥は、目を見開くと俺にだけわかる言葉でそう呼んだ。

「二年ぶりだな、ベス。元気にして──」

『刹那ー!!』

「ま、窓！　頼むから窓の鍵を開けてくれ!!」

バッサバッサと飛んできたベスがガラスにぶつかる前に慌てて制止する。鍵を開けてもらい、中へ転がり込んだ。

『刹那！　刹那！』

「あはは、ベス、そんなにはしゃいで――」

『許さん！　絶対に許さん!!』

「あいたたた！　殺意、殺意だった!!」

押し倒され、上に乗り上げたベスにヅヅヅヅヅ!!　とクチバシが残像になるほどの勢いでつつかれる。

加減はされているようだが、タカの三倍ほどの大きさの鳥のクチバシは普通に痛いし、当たった何箇所かからは血が出た。

『どれだけ待ったと！　あー腹立つ！　あー卵出る！　卵出る!!』

「あっあっ産み付けないで」

どこへ溜《た》め込んでいたのか卵をプリプリ五、六個ほど、ツナギの腕や足のくぼみに産み付けられた。

『やかましい！　なんですかその見た目は！　整形で若作りするくらいなら卵を食べなさい！　卵で若返れ！　卵肌になれ！』

「卵への信頼がすごい……」

ベスの卵はカプセル状で産みたては柔らかいから、割れないように気を使いながら身を起こす。

なにせ、ベスの卵は超高級品だ。

割れやすいが、所持している限り持ち主を危険から守る。持ち主が傷ついた時、代わりに割れてその身を守るのだ。

ベスは、鳥でありながら【異能】を持つ希少種。『身代わり卵』というランクSSの【異能】の使い手だ。

その効果のせいかベス自身が不死の身で、刺されようが燃やされようが、老いや飢えでさえ死ぬことはない。まさしく不死鳥というものだった。

俺とベスが出会った時、彼――【異能】によって卵を産むが、オスなのである――は永《なが》い人生、いや鳥生に憂いて、燃え盛る炎の中で死と再生を繰り返していた。

当時ガキンチョだった俺はそんなベスを見つけ、興味本位で炎の中から引っ張り出し、俺と一緒に行こうぜと勧誘したのだ。

胸の火傷はその時についたもので、命知らずの若者にベスは渋々ついてきてくれた。

以降の長い付き合いの間に、俺はベスの言っていることが身振り手振りと鳴き声でかなり正確にわかるようになった。

ベスも古くから生きているため人の言葉なんてとっくに理解しているから、俺たちの間でのみ意思疎通は何の問題もなく成立する。

レインはベスの言葉がさっぱりわからないようで、俺とベスが会話しているのを不機嫌そうに眺めていたものだが。

「ありがとうな、ベス。俺との約束を守ってくれて」

かつて俺はベスに、「自分に何かあればレインを頼む」と言っていた。

そう言うたびに卵を産み付けられたが、ベスは俺の言葉を決して裏切らない。

レインが悪の総統としてこの本部にいる以上、ベスも残っていることは確実だった。

だから危険を冒してでもこの部屋に来たわけだが、律儀に約束を守ってくれた旧友に胸が熱くなる。

「……いや、熱い、熱いベス、胸が物理的に熱い!!」

『火傷……私と刹那の絆《きずな》の火傷……』

「そんなもんあったら余計ややこしくなるだろうがっ」

遥《はる》かな年月を生きているベスは芸達者だ。【異能】以外にも、過去に燃え続けた時の熱を身の内に留《とど》めておいて放出することなどができる。

俺が過去に思いを馳《は》せている間に、目をぐるぐるさせたベスがその熱で俺の胸を焼こうとしていた。どう見ても正気じゃないため、首根っこを摑《つか》んでブンブンと振る。

産み付けられた身代わり卵が何個か割れたが、かろうじて火傷の痕ができる前にベスは我に返った。

彼は素晴らしい友人だが、永い鳥生で頭のネジが緩んでおり、ふとした時に何本か抜け落ちるのがたまにキズだ。

『なぜ止める――もしやレインは刹那が若作りしたことを知らないのですか』

「察しがよくて助かるよ……あとこれは若作りじゃなくて――」

それから俺は声を潜め、ベスに全てを話した。

どうして俺がこんな体になったのか、二年前に何が起きたのか。

今の状況と、やるべきことについて。

『うわぁ……』

「なー、『正義の味方』の奴らひどいよな。月給五千円って。おかげで紅茶もまともに買えな――」

『いや、私がドン引いているのは、あれだけうじうじグダグダ恋愛相談してきたくせに結局思いつめてレインの童貞奪った挙げ句、言い訳もせず逃げた刹那に対してですけど』

「うぐっ………‼」

『しかも、なんですか、『正義の味方』に捕まった理由が「レインに優しく抱かれて動揺していたところ不意を打たれた」って。乙女か何かのつもりか』

「だ、だって、嫌われるつもりで乗っかったのに、あいつ、すげえ優しく抱いてくれて……」

『赤面すな。卵食わすぞ』

「産み付けないで……」

めそめそ泣いてみせる俺に、ベスは容赦なく卵を産み付ける。下手に身動き取れなくなるしちょっとベタベタする、親愛の込もった嫌がらせだ。

「とにかく、ベスには協力してほしいんだけど……」

『我が終《つい》の巣が望むならなんでもしますよ。……でも、あなたのいない二年間は私の生の中で最も永く感じた。そのことは忘れないでください』

「……うん。忘れない」

『本当か？　嘘ついたら卵千個飲めるか？　あ？』

「あっまた正気が！　戻れ、戻れー!!」

目をぐるぐるさせるベスを抱きしめ、床の上をゴロゴロ転がる。

肌をくすぐる羽毛はきめ細やかで、こんな時だが心地いい。小さい頃はよく布団代わりにして寝たものだと思い出した。

「……気持ちいいなあ、お前の羽」

『そうでしょう。自慢の千年モノですよ』

「このまま寝そう……まともな布団なんて久しぶりだ……」

『……偉大なる私を布団扱いするなんて、あなたでなければ不敬の極みですからね』

今の俺が住んでいる寮には、何年使われているのかペラペラで湿気を吸いまくりカビだらけになった布団しかない。

それとは比べるのも失礼なほど極上のふかふかに、否応なく眠気を誘われた。

ベスも抵抗はせず、それどころか俺を包むように翼を広げ被《かぶ》せてくれる。

——俺もベスも、旧友との二年ぶりの再会に気が緩みすぎていた。

「ずいぶんと、仲がよさそうだな」

「っ⁉」

まさかそれが、レインに見られていたとも思わずに。

(しまっ——)

俺とベスの判断は早かった。俺はベスに摑まり、ベスは窓から飛び立とうとする。

しかし。

ザン、と音が響き、俺たちは逃げ出す直前に床に崩れ落ちた。

『くっ……相変わらず厄介な【異能】ですね……』

ベスが呻《うめ》く。

俺の前に、体から切り離された脚が転がっていた。

ベスも片翼が断たれたまま再生せず、身動きできずにいる。

ツナギの隙間にはベスの『身代わり卵』が挟まっているが、その力が発動することはない。

——これがレインの『一切両断』の恐ろしいところだ。

レインの【異能】で両断された者は、レインの許可がなければ死ぬことすらできない。

断面からは血の一滴すら出ず痛みもない。レインが望めばすぐさま元通りくっつく。

それゆえに凶悪だ——なにせ全てが、害とみなされないのだから。

傷つける意図さえあれば『身代わり卵』で防げるというのに、あらゆる害を身代わりする力は発動しない。ベスの天敵とも言える能力。

俺たちは無様に床に這《は》いつくばるしかなかった。

「その鳥は、あの人にしか懐かない」

コツ、コツ、とレインの足音が近づいてくる。

足は横たわる俺の鼻先で止まった。

うつ伏せだった俺をレインがつま先で仰向《あおむ》けに押しやる。

レインにとっては軽く力を入れた程度だろうが、貧弱な俺の体には衝撃があったのだろう。ベスの卵が一つ、音を立てて弾けた。

「卵まで与えて——これで刹那と無関係とは言わないな？」

レインが見下ろしてくる。絶対零度の視線に心臓が縮み上がり、体が小刻みに震えた。

「答えろ」

「は、話すから、べ、ベスを……戻して、ください」

「驚いたな。取引ができるつもりでいるのか」

全身に脂汗をかきながら、震える声を必死に絞り出す。

俺の精神は肉体年齢に引っ張られているようで、昔ならもう少しくらいは余裕も持てただろうに、今はヘビに睨まれたカエルだ。

それでも、ベスをこのままにしておけない。

俺は情報の分まだ価値があるが、レインが自分に逆らいかけたベスを無事に済ませるとは思えないからだ。

悪の総統として最高に育ったレインは、誰に対しても基本的に冷酷で容赦がない。屋上での俺への態度の方が貴重なのだ。

レインは無益な殺生はしないが、やるとなれば容赦もしない。

俺がこれ以上口を閉ざせば、躊躇《ちゅうちょ》なく拷問にかけてくるだろう。

ならば、その前に――切り抜けるしかない。

ハッタリでもなんでも、レインを言いくるめるしかない。

「俺は、『悪の組織』のタスマニア支部の者です」

「……ほう？」

レインの声色が変わる。興味を引けたようだ。

必死に頭を回転させ、畳み掛ける。

「あなたの探している人は、支部にいます。確認のため、支部長の連絡先を教えます。ただし、ベスの安全と引き換えです。俺を見逃してくれるなら、本部の場所も教えます」

「俺がタスマニア支部の場所を知らないと？」

「知らないはずです――きちんと引き継ぎが行われなかったから」

タスマニア支部とは、支部という名前がついているものの『悪の組織』から独立した調査・諜報《ちょうほう》を扱う情報機関だ。

二代前の悪の総統が設立した、主に『悪の組織』内部を調査するための機関。

二代前の総統はレインほど心酔されていなかったから、内部の敵を探るために独自の手段が必要だったのだ。

『悪の組織』の構成員なら誰でも存在は知っているが、所属している者や本拠地は誰も知らない謎の支部。

タスマニア支部という名前もブラフで、タスマニアにあるわけでもない。

実際の所在地は二代前の総統と幹部しか知らない。

しかし二代前の総統は失踪し、幹部も総統が引き継がなかったのだからと口を閉ざしたと、ビルの清掃中に構成員の雑談で盗み聞いたことがある。

だから先代総統もレインも、支部の存在は知るが連絡を取る手段はない。

独自の調査で見つけている可能性もないわけではないから、これは賭けだ。

タスマニア支部長は、変態だが情報戦に強い。

あの支部長ならば、二代前の総統の失踪後、レインの目からタスマニア支部を、完全にとは言わないまでも核心部を隠し通すくらいはしているだろう――そう考えてのハッタリだった。

そして、どうやら乗り切れたらしい。

バサバサッとベスが力強く羽ばたく。戻された翼は問題なく今までと同じ働きをしていた。

『全く、問答無用とはこのガキ……』

レインには伝わらない声で毒づくと、ベスは床に伏したままの俺には目もくれず、とまり木に戻る。

（えっ寂しい……あーでも確かに、その方がいいのか）

ベスは昔から過保護だが、それは阿僧祇刹那に対してのみだ。ベスが俺を下手に庇《かば》えば、正体がバレる一助になるだろう。聡明《そうめい》な友に心の中で感謝する。

レインはそんなベスを一瞥《いちべつ》し、すぐ俺に視線を戻した。

感情が読めない冷たい目。ベスを戻してくれたとはいえ、俺の言うことを鵜呑《うの》みにしたわけでもないのだろう。

「ありがとうございます……支部長の連絡先は、」

「タスマニア支部の者がなぜここにいる？」

俺の声を、レインの鋭い言葉が遮った。

（……やっぱり、それ聞かれるよなあ）

いくらタスマニア支部が独立しているとはいえ、現総統に尋ねられて何も答えないのは不自然だ。

本当はもう少し材料が欲しかったが、やむをえない。真実と嘘《うそ》を混ぜて答えることにする。

嘘がバレれば殺されるだろうが、どのみち言わなくても殺される。火山の噴火口の上で綱渡りしている気分だ。

真実の部分も、まだ確証はない。しかし、今出せる唯一の切り札だった。

「タスマニア支部長から密命を受け、本部で起きている〝情報漏えい〟の件について、調べています」

「ほう」

俺が切った札は、総統の私室で推測した、幹部による裏切り。それならば、タスマニア支部が動いてもおかしくない案件だ。

幹部ならおそらく、レインに直接的な危害や影響があるようなことはしない。ならば組織には不利益になるがレイン自身に被害は及ばない、情報漏えいだと推測した。

多分、幹部しか知るはずのない情報が外に流れている、といったところだろう。確証があるわけではないが、間違っていても「まだ調査段階で疑いがあっただけ」と言い張れば……三割くらいの確率で、生存できるかもしれないと考えた。

幸運にも、ドンピシャで当たっていたらしい。レインは、美しく笑った。

「…………っ！」

明らかに嘲笑だったが、あまりにも綺麗《きれい》で見惚《みと》れてしまう。

そのせいで俺は、自分がやらかしたことに気づかなかった。

「——密命をペラペラ喋る口のようだな？」

（しまった……！）

焦るあまり口数が増えすぎた。余計に疑いを深めてしまったようで、レインの瞳の温度が二度は下がる。

俺は、苦し紛れの言い訳を必死に考えた。

「——もとより、総統になら話しても構わないと……阿僧祇刹那が言っていたんです。あなたがタスマニア支部の力を必要としているならば、と」

「………」

（おっ、苦し紛れだったけど意外といけそう？）

レインの表情は変わらない。だが育て親である俺は、かろうじて察することができた。これはレインが悩み、思考している時の沈黙だ。

畳み掛けるなら、今しかない。

「レイン・ヒュプノス。あなたは拾われた時、五歳くらいだったそうですね。幼いあなたは、一糸纏わぬ姿で、凶暴な獣がうろつく山の中に一人でいた。それにもかかわらず、無傷だった。……山に来る以前の記憶や自分の名前を思い出せず、ヒグマより激しく暴れるあなたを連れ帰るのには手を焼いたと、刹那が言っていました」

「……あの人が、お前に？」

レインが眉をひそめる。信じられない、と言いたいのだろう。

なぜならこれは、俺のとっておきだった。

俺がレインを拾った時のことを、レイン自身には何度もくどいほど話した。

しかし、他人に喋ったことは一度もない。例外は、一緒にレインの子育てをしてくれたベスくらいだ。

——山の中に佇む少年は、宗教画のように美しかった。あるいは、羽衣を奪われた天女のような、儚《はかな》げな危うさがあった。

誰かに話せば、全てが幻だったと消えてしまうような気がして、俺は恐れた。

だから秘めたのだ。

これは家族の秘密だよ、とレインが幼い頃からよく話した。

しかし俺は、阿僧祇刹那が誰にならその話をするのか、よくわかっている。

「俺も、刹那に拾われたんです」

「……そうか」

俺は、レインに兄弟ができたならその話をするだろう。お前のお兄ちゃんはさー、なんて前置きで、きっとくどいほど同じ話をする。

家族に対して、俺は口が軽いのだ。

「あの人らしいな」

レインも同じことを思ったようで、これまでの話は半信半疑だったにもかかわらず、これだけはすんなり受け入れる。

「レイン。俺は、阿僧祇刹那に信頼されています。ベスの反応がその証拠だ。この組織に害なす気はありません。どうかそれだけは、信じてください」

いけるかと思い、言い募ってみた。

「信用するかは別問題だな」

「バッサリ切りますね、手厳しい」

セキュリティ意識がきっちり育っていて大変結構だ、と満悦していたら、ふいにドサ、と何かが落ちる音がした。

――見たら俺の両腕が、肩から外れている。

「あー!?　なんで!?」

レインの【異能】によるもので、痛みはない。だが当然、心に衝撃はある。

(本当にバッサリ切る奴があるかー!!)

半泣きで落ちた腕を眺めていると、下半身と両腕を外され軽くなった俺をレインがヒョイと持ち上げる。

そのまま荷物のように小脇に抱えられた。

「なんすかぁ……なんなんですかぁ……俺の腕ちゃん……」

ぐすぐす泣くフリをするが、レインの目は冷たかった。

「タスマニア支部長には俺の方で裏を取る。確認が取れたら戻してやる」

「はぁい……」

下半身と腕はベスの部屋に放置されたまま、俺は総統の私室に放り込まれる。

レインは部屋を出ていき、俺はソファの上で天井を見上げ続けることになった。

(頼む、上手《うま》くやってくれよ、タスマニア支部長……!!)

タスマニア支部長は変態だが、ものすごーく優秀だから、レインから連絡が来たら何かしらを察して話を合わせてくれるだろう。

そう信じるというか、願いたかった。

沙汰を待つ罪人の心地で、気が気じゃない。

それにしても、連絡先を聞かれなかったということは、レインは自力でタスマニア支部の情報を掴んでいたようだ。

これまで頼らなかったのは、彼の矜持《きょうじ》なのだろう。

先々代の遺産がなくとも総統として何も問題なく君臨できる器だと、レインは行動で証明してみせた。

今にして思えば、数日間ずっと俺の後をついて回っていたのに、あっさりと一人にしたのも、わざとだったのだろう。

俺に命の危険を感じる頭があるのかを試し、あるならばどう切り抜けるのかを探られたわけだ。まんまと罠《わな》に嵌《は》められた。

（成長したな、レイン……。ちょっと悔しい）

——数時間後、俺の手足は元通り返還された。

「支部に確認が取れた。刹那は数日前までいたそうだが今はいないと」

「そうなんですか。どこ行ったんですかね」

「……まあいい。情報漏えいの調査をするのだろう。俺も同行する」

「レイン!?」

提案に面食らう。どうやらタスマニア支部の確認が取れても、俺はまだ疑われているようだ。

調査をしにきたと言った以上、調査をすると言われて断る理由は思いつかない。

かくして、悪の総統と『正義の味方』の下っ端という世にも奇妙な探偵コンビができてしまったのである。

「調査はいつするんだ？」

「やってるんですよこれでも一応……」

探偵をすることになっても、やることはあまり変わらない。俺は通常業務、レインはついてくるだけ。

なぜならこの『悪の組織』本部ビル、老朽化がかなり進んでいるからだ。

さすがに急を要さない雑務はやらないが、そういうタイミングに限って水道管が壊れて一部屋びしょ濡れになってしまったり、トイレットペーパーがあらゆる階で切れたりする。

ここは先々代の頃に建てられたビルだが、当時の『悪の組織』は今ほどの力はなく、人を雇う金もなかった。あの当時もこうして走り回ったななんて懐かしくなりつつ、ふと疑問を抱く。

「ずいぶんガタがきてますけど、修繕はしないんですか？　俺、現状維持のメンテナンスだけやるよう言われてますけど」

水道管の破裂でビショビショになった会議室の床を這いつくばって拭きながら、俺が勧めた椅子に足を組んで座っているレインを見上げる。

レインは俺を観察するように眺めていて、無視されるかと思ったが、少しの沈黙のあと返答をくれた。

「ずいぶんな安普請だから、修繕となると大規模な改修になる」

「そうなんですね。でも、その間の仮のオフィスくらい押さえられるでしょう？　イチから建て直してもよさそうだし」

「……あの人が残したものを、俺が変えたくはない」

「えっ!?　あ、あー……そうなんですね……？」

とりあえず同意してみたが、内心では「えっなんだどういうことだ」と疑問で埋め尽くされる。

ボロいビルを使い続ける理由が『刹那が残したものだから』なんて、理由になってなくないか？

（レインは、俺を――突然迫って童貞奪った末に逃げ出した養い親を、憎んでいるから探しているんじゃないのか……？）

レインの表情から何か読めないかと、ちらりと見れば、レインも俺をじっと見ていて視線がかち合った。

野生の獣と出会ったような心地で、耐えきれず先に目を逸らす。野生だったら死んでるな俺。

「作業は終わりか？」

「あ、は、はい」

視線から逃げるように一心不乱に手を動かしていたら作業が終わってしまった。

水を吸った雑巾をバケツの上で絞り、腰をトントンと叩きながら立ち上がる。

「……リストバンドが濡れているが外さないのか」

「ああ、これはいいんです。ないと落ち着かないので」

「………………」

「な、なんで睨むんすか……」

意味深な眼差しから隠すように手を背中に回した。

実は、このリストバンドの下と、ツナギで隠れた足首、そして額に巻いたバンダナの下には、バーコードが刻印されている。

『正義の味方』が改造人間を管理するためのものだ。

改造人間は『正義の味方』の中でも後ろ暗い部分だから公にはされておらず、一般的ではない。俺も、自分がそうなって初めて存在を知ったくらいだ。

だからバーコードだけで所属がバレることはないだろうが、念のために隠している。人体にバーコードって明らかに異様だしな。

「ところで、調査なんですけど……現状、情報漏えいの容疑者は幹部十名のうちアリバイがない六名。情報の持ち出しは先月の二十日に行われた。インターネット通信は使っておらず……というか疑惑の期間はトラブルにより使えず、メモリーカードなりなんなりの媒体で持ち出された可能性が高い、で合ってます？」

「合っている。よく調べられたな」

「止まったネットを復旧させたのは俺だし、他はトイレットペーパーの補充や掃除で出入りしているうちにちょちょっと小耳に挟《かた》みました。メンテナンス作業員なんて、誰も警戒なんてしませんから」

俺はタスマニア支部員を騙る前から、気になる会話はなんとなく耳をそばだてて内容を覚えていた。昔からの癖、職業病だ。

小耳に挟んだ内容に、昔『悪の組織』に所属していた頃の知識を加えれば、それっぽい調査結果はスルスルと捏造《ねつぞう》できる。

特に、あのネットトラブルの時は地獄だったから日付までよく覚えていた。

あの日は、ネットが止まると仕事にならないとあらゆる部署がサーバー室まで殴り込んできたのだ。

そういう文句は、明らかにオーバーワークにもかかわらず、俺一人しか派遣しない派遣元に言ってほしい。

ちなみに、本当は増員される予定だったのに、手違いで俺一人になった仕事初日に全部こなしてしまったから、増員なしが決定されたという地獄の裏話がある。

仕方ないからサーバー室のドアを締め切り死ぬ気でやったが、復旧まで十時間以上はかかった。

「確かに作業員は盲点になりやすいな。参考にしよう」

「それは防犯のために？　それとも悪事のため？」

「両方だな」

「さすが『悪の組織』の総統」

軽口を叩きながら道具をしまい、細々した急ぎの雑務も片付ける。

ようやく一段落し、調査に集中できるようになった。

「さて、今必要なのは聞き込みですね。それとなく容疑者六名の当日の行動を調べたいんですけど、レインがついてくると目立ちすぎるので、ちょっと離れてもらえると」

「入室記録と監視カメラの映像が警備室にある。行くぞ」

「足で調べる時代が終わっているだと……？」

警備室を使うというのは俺一人では到底無理だが、レインなら当然、朝飯前だ。

「総統！　このような場所まで足をお運びくださるとは……」

「挨拶はいい。先月二十日の入室記録と監視カメラの映像を、こいつに見せてやれ」

「はっ！　今すぐにご用意します、そちらでお待ちください！」

レインの一声で、あっという間に入室記録と監視カメラ映像、ついでにお茶と軽食のサンドイッチが用意される。レインが手をつけなかったため、サンドイッチはありがたく俺が二人分もらった。

久々のまともな食事に涙ぐみそうになるのをこらえながら、レインとともに一通りの記録を見る。

「あれ？　全員にアリバイありますね……？」

「そのようだ」

調べた結果、驚くことになんと全員、泊まり込みで仕事をしていて建物から一歩も出ていなかった。

――インターネットは使えず、容疑者は出入りしていない。それにもかかわらず、情報だけが漏えいしていたのだ。

「幹部なのに泊まり込んでいるの、怪しくないですか？」

「前総統の頃から、フレックス制を採用している。『悪の組織《うちの》』の構成員は夜型が多いからな、泊まり込む方が捗るようだ」

「なん……だと……!?」

泊まり込みで仕事ってブラックだなと一瞬思ったのに、まさかのフレックス制。

詳しく聞いてみると、週に二十時間以上働くならいつ来ていつ帰ってもいいとのことだ。ホワイトすぎる。

羨ましい。本当に羨ましい。

「すごい形相だな」

「羨ましくて……俺は毎日七時に出勤で二十三時退勤の休憩一時間なのに……」

歯ぎしりしながら労働状況を嘆いていると、レインが珍しく心から俺を憐れんだ顔をした。

「転職するか？　給料は今の倍出すぞ」

「えっ月一万も!?」

「……タスマニア支部はそんなに給料が低いのか？」

「なんちゃって、タスマニアジョークです。ジョーク……はは……」

「泣いているのか……？」

「泣いてないです……」

危ない、あまりの労働環境の違いにタスマニア支部所属という設定も忘れ、『正義の味方』のクソ野郎と喚《わめ》き散らすところだった。

『悪の組織』の方がホワイトなの、なんでだ。

(……しかし、妙だな。こんなに簡単に調べられるならレインの部下もとっくに調べ終わっているだろうに、なんで俺にわざわざ調査させてるんだ？)

レインの行動の理由がわからない。

タスマニア支部の内部調査を妨害したいというなら協力的すぎるし、本当に調査してほしいというわけでももちろんないはず。

——と、内心で頭を捻《ひね》っていると、ふいに腕を引かれ、背中が温かいものに包まれた。

「え——……へぁ!?」

温かいものはレインの腕で、ぎゅっと抱きしめられて頭をぽんぽんされる。

(俺、なにを悩んでたんだっけ!?　いい匂いがするなレイン!?)

妄想かと思うほどの現実に、考えていたことが全部吹っ飛んだ。

「な、なななななんですかいきなり!?」

「もっと嬉しそうにしたらどうだ」

「自信家ぁ……!」

俺が驚き、離れるべく手を突っ張らせると、レインは不満気に腕に力を込めた。

一層強く腕の中に閉じ込められて全身に変な汗をかく。

(やめ、やめて、心臓に悪い……!)

レインに長年片想いしている身には、あまりにも強すぎる劇薬だった。

しばらくじたばたと足搔《あが》いてみたが、頭をぽんぽんされ時折髪を梳《す》かれるうちに、抵抗する気力なんて消えていく。いつしか俺は、されるがままになってしまった。

おそらく今、俺の顔は真っ赤だろう。息も荒く、心臓はバイクのエンジン音みたいにでかい音を立てている。

――レインの唇が耳元に寄せられ、心地よい低音で囁かれた。

「お前の本当の所属はどこだ？」

「『悪の組織』れふ……」

夢うつつの頭で問われるまま喋ってしまい――何かがおかしいと、ようやく我に返る。

もがいて腕から抜け出し、レインから距離を取った。

「あ――……自白剤!?」

「『悪の組織』謹製、〝素直になる薬〟だ。効果は十五分程度だが」

「いつ……あっ、さっきのサンドイッチか！」

『悪の組織』は、資金稼ぎの一環として様々な薬を開発・販売しており、〝素直になる薬〟は俺の世代の頃に開発されたものだ。

自白剤より効果は短いが副作用がなく、アレルギーテスト済み。子どもから大人まで使えるジョークグッズである。

中々に売れてビルの建設費用の足しになったが、まさか今に至るまでのロングセラーになるとは、商売はわからないものだ。

だがジョークグッズといえど、意志に反して喋らされることは危害と判定されたはずだ。

昔ベスと酔った勢いで『身代わり卵』を手に試し、薬を盛られたタイミングではなく、喋らされるタイミングで発動することを確認した覚えがある。

超貴重な卵を遊びに使うなとレインにしこたま怒られたのもいい思い出だ。

「ベスの卵は!?　あれなら防げるはずなのに！」

先ほど産み付けられた卵は、ちょっとやそっとでは割れないよう、ティッシュを詰め込んだ洗剤の空き瓶に入れツナギにしまっていた。

空き瓶を取り出すと、中の卵はものの見事に全て割れている。

「抱きしめた時に、全て割れる音がしたが」

（突然のハグが劇薬すぎたか～!!）

脳内にベスの呆《あき》れ顔が鮮明に浮かぶ。ごめんベス、卵産み付けないで。

「ずいぶん焦っているな。所属が『悪の組織』と知られること、お前に何の不都合がある？」

「え――あっ」

言われてみれば、俺は動揺しすぎていた。

タスマニア支部は独立しているものの、先々代総統が作ったわけだから広義で言えば『悪の組織』だ。

そもそも所属というなら、『悪の組織』の製品を専門に扱っている薬局の店員だって『悪の組織』の所属を名乗れる。

俺の今の所属は『正義の味方』だが、やむをえずいるだけで心は『悪の組織』所属のままだったのが功を奏した。

そのましらばっくれればよかったのに、阿僧祇刹那とバレることを恐れるあまり『悪の組織』所属であることも隠さなければと思い込んでしまったのだ。

レインによる、どうとでも取れる質問はおそらくわざとだ。俺が何と答えるか、そして薬を盛られた時の反応を見るために。

（まずい、俺は本格的にレインから探られている。なぜだ？）

タスマニア支部ということを疑われているのか、それとも別件か。無力なこの立場では、目星すらつけられない。

『悪の組織』の頂点を前に、俺がどう凌《しの》げるというのか。緊張で喉がひりついた。

ごくりと空気を飲み込んだその時。

ドン、とビルが大きく揺れる。

「っ、地震か⁉」

足元がゆらぎ、転びかけた俺をレインが抱きとめた。

「違うな、これは――」

レインの言葉と同時に、俺も気づく。地震の揺れとは違う。

小刻みに続くビルの振動や音から判断し、二人の声が重なった。

「「爆発か」」

即座に現在の監視カメラを確認する。

映像をスイッチしていくと、煙が満ちる中に何人か倒れている影が見える。

「ロビーか」

「すぐそこだ、行こう！」

警備室から廊下に出て左に真っ直《ます》ぐ進めば、突き当たりの扉の先がロビーだ。

扉を開けると、煙と熱が溢《あふ》れ出す。

小規模な爆発だったのだろう、煙がすごいだけで炎はそこまで強くない。

倒れている者も、呻いているから息はあるようだ。

負傷がない者は物陰に伏せている。

――緊張に支配されたロビーの中央に、無防備に立つ男が一人。

「あいつが犯人か……」

「警備からの連絡だ。ビルのセンサーによると、この爆発は【異能】によるものらしい」

扉の陰にレインと二人で身を潜め覗き込む。

ランクＳＳＳのレインがいても、【異能】でのテロは厄介だった。

【異能】は発動条件が人それぞれ違う。

もしレインの異能で両断された状態でも使える【異能】だったなら、両断された時点で捨て身になって能力を暴走させることがありえるからだ。

命が消える瞬間に大暴走するような【異能】もあるから、下手に殺すこともできない。

「煙が晴れてきた……ちょっとは見えるようになってきたな」

指を丸めて針の穴ほどの小さな穴を作り、そこから見ればピンホール効果で遠くの景色もよく見える。

何か【異能】のヒントになるような特徴はないかと、犯人を下から上まで眺め回した。

サラリーマンのようなスーツと、そぐわないキャップ。

顔は――

「んんっ!?」

「どうした？」

「い、いや……」

俺は内心でパニックになっていた。

なぜなら、ものすごく見知った顔だったからだ。

(知り合いだあれ！　お隣さんだ!?)

俺の今の住処《すみか》である低級備品寮、その隣に住む改造人間、719号。俺は720号だから、一つ前に生み出された先輩でもある。

よく俺のパンツをゴミと間違えて捨てているぼんやりさんだ。

低級備品寮に住む改造人間は、精神が幼く、また、まるでロボットのように自我が薄い者が多い。命令がなければ、部屋の中で直立不動でじっとしているほどだ。身の回りを綺麗に保てという命令により、俺のパンツはよく捨てられるが。

719号も例に漏れず、自我が薄い。

だから今ここでテロをしているというのは『正義の味方』からの命令のはずだ。

俺がいるのにテロを派遣したのは、偶然なのか、わざとなのか。

なんとなく、何者かの意志を感じた。

（うーん、爆発は音と振動だけみたいだし、そう被害は出ないだろうけど……このままじゃ、あの子は消されるだろうな）

７１９号は低級備品寮に入れられるほどだから、爆発系の【異能】といえどランクはＥかＤ程度だ。音・振動・煙は大きいが威力自体は低い。よほど直撃でもさせない限りは死者も出ない。

となると、これは本格的な攻撃ではなく『正義の味方』による威嚇のようなものだろう。

たまに正義と悪の傘下の企業が業務提携などした時、それでも我々は敵ですよと言わんばかりに、ちょっかいをかけてくることがあった。

でも、７１９号が低級備品だなんてことを知る者は、この場では俺だけだ。

敵がどのような脅威かもわからない状況なら、テロリストは処分するのが適切と判断する。

異能の暴走を抑制する準備が整えば、７１９号は消されるだろう。

（止めに出るか……？　だが……）

改造人間には過去も家族も存在しないから悲しむ人はいないし、見捨てるべきだ。

しかしこのままテロが続いたところで、被害もそこまで大きくはならない。

（……今、俺が『正義の味方』の下っ端だとバレるのはまずい）

ぐ、とこぶしを握り固める。

７１９号の【異能】を一度でも直《じか》に見れば、レインならどう両断すれば暴走させることもなく殺せるかわかるはずだ。

だからそれまで黙っていれば、俺の正体はバレずに済む。

せっかく薬で『悪の組織』所属とまで言わされたんだ。『正義の味方』との繋《つな》がりがバレにくくなる、大きなアドバンテージを得た。

今出ていけば、全て台無しになる。

（……それでも）

何度自分に言い聞かせても、俺は走り出していた。

「停止コード入力！」

駆け寄りながら叫べば、腕を上げ【異能】を発動させようとしていた719号の動きが、ピタリと止まる。

俺達のような改造人間には、暴走時に備え停止コードが用意されていた。管理がザルなせいで連番だ。

改造人間720号である俺の場合が『666－37564－720』。それならば、719号は。

「コード：666－37564－719、停止せよ！」

正面から腕を両手で摑み、片足を719号の背中に回す。

停止させるには音声でコードを入力し、背中の真ん中やや下にあるスイッチを押し込む必要があった。

難しいと思ったが、十九歳の体は身軽に飛びかかり、難なく仕事をこなす。

「――停止シマス」

無感情に一言つぶやき、719号は膝から崩れ落ちた。

以降、生命活動は続くが、起動命令があるまではわずかな自我すらなく完全な備品状態になる。

ここまで脅威じゃなくなれば、すぐに殺されることはないはずだ。

ほっと息を吐き、そして――膝をつき、両手を顔の横に上げた。

「連行しろ」

ロビーにいた構成員たちに囲まれた俺を見下ろし、レインが命令する。

(やってしまった……)

＊＊＊

(気まずすぎる……!!)

あれから更に一悶着《もんちゃく》あった後、俺は連行された。

両断されるかと思ったが、意外にも五体満足のままで、拘束すらされていない。

放り込まれたのは先ほど掃除したばかりの会議室。

十一階にあるため見晴らしがいいが、残念ながら景色を楽しむ余裕はない。

「あの……?」

俺は窓の反対側の壁に追い詰められ、レインに見下ろされていた。

――超至近距離で、だ。

身長も体格も俺より勝るレインが立ちふさがれば、景色を見るどころか視界にはレインしか入らない。

それだけでも圧倒されるというのに、なぜかレインは俺の両側の壁に手をついて、完全に閉じ込めていた。

人払いされ、鍵のかかった会議室にいるのは俺とレインの二人のみ。

総統としてあるまじき無防備さだが俺もすっかり萎縮してしまい、顔を背け壁にすがりつくしかできなかった。

「な、なんでそんなに見てくるんですか……」

断罪するなら早くしてくれと思うのに、レインは何も言わず俺を見下ろしている。瞬《まばた》きすらもせずにだ。

好きな男の美しすぎる顔面といえど、無言で向けられ続けるのは結構怖い。まして俺は、敵対組織の下っ端だとバレたばかりだ。

せめて何か言ってほしいのに、俺の声でようやく動いたレインは何を思ったのか、ムニ、と両頬を片手で挟み込んできた。

無理やり視線を合わせられ、じぃ――――っと見られる。

「ら、らんれふか」

「………………」

穴が開く、そんなに見られたら第三の目ができる。

頬を摑まれては喋ることもできず、しばらく呻いていると、ようやく手が外された。

何か喋れ、ということなのだろうか？

「お、俺、何も知らなかったんです。本当です」

下手に何か言えば逆に嘘っぽく聞こえるな、とこれまで黙秘していたが、あまりの迫力に言い訳が勝手に口から押し出される。断罪より沈黙の方が怖いことってあるんだな……。

「俺は、七時から二十三時まで、時間厳守で仕事するよう言われただけで……」

――ロビーでの騒ぎのあと、俺たちが調査していた裏切り者の幹部はあっさり捕まった。

というのも、自白したのだ。


ロビーで殺さず生け捕りにされた俺を見て、幹部の一人が叫んだ。

『なぜ生かしておくのです！　それはあなたに相応しくない!!』

――そうのたまったのは、先代の悪の総統だった。

先々代の失踪後、一時的に総統となったが、すぐレインに座を譲り自分は幹部に落ち着いた者。名を久寿米木《くすめぎ》暁司《さとし》という、四十二歳の男だ。

彼はレインに向かい、堂々と自らの裏切りを語った。

『せっかくあの目障りな男を消したのに、最近のあなたはまた腑抜《ふぬ》けてしまった！　その下賤《げせん》の者のせいで！　だから私が、元の冷酷なあなたに戻して差し上げるのです！』

久寿米木は悪のカリスマとしてのレインに心酔していた。だから先々代を陥れて、レインを総統に据えたのだと言う。

『正義の味方』に情報を売って組織を危険に晒《さら》したのも、総統としてのレインを輝かせるためだと自白した。部下では対処不能の事態を引き起こし、レインが活躍する機会を作るためだと。

全ては、崇拝と心酔ゆえに。悪のカリスマとしてのレインを見たいという欲望からだった。

――それなのに、レインが俺のような下賤の者と茶飲み友達になっていたのが許せなかったらしい。

だから、俺をも処分しようとした。

俺は気づいていなかったが、情報漏えいの片棒を担がされていたのだ。

久寿米木はすれ違った俺のツナギに、情報の入ったメモリーカードを仕込んだ。俺は、そうと知らず寮に戻って作業着を『正義の味方』へ返していた。

バレれば久寿米木も無事では済まないのに、レインのためなら命など惜しくないと狂信者の目で語る。

『全てはあなたのために！　レイン様、私の全てをあなたに捧げます！』

廊下に額《ぬか》ずきレインに向かって祈る、幹部だった男。

『――そいつの両目を潰せ』

レインの冷酷さを取り戻したいという男は、静かに告げられた沙汰を聞いて嬉しそうに顔を上げた。

しかし、続く言葉に青ざめる。

『潰した後、『正義の味方』の本部に送ってやれ。残りの人生世話になるがいい。裏切り者に相応しい末路だ』

『な、なぜ……!?　それだけはお許しください！　私は、あなたの手にかかれるものだと……っ』

震える男に、レインはもう何も言わなかった。

幹部だった男の【異能】は『超視力』ランクS。

壁や天井すら越えて視《み》ることが可能な強力な能力だが、取り押さえられれば自決すらもできない。

連れ立って連行される俺の背後で、悲壮な泣き声が響いていた。

レインがなぜ、俺をつけ回していたのか、久寿米木の自白でようやく理解できた。

無自覚とはいえ、情報漏えいに加担していたのだ。その調査のためだったのだろう。

だから、必死に命乞いの釈明をする。

「俺は確かに『正義の味方』の系列の下っ端ですけど、【異能】も弱いし本当にただ働いていただけで――」

「そんなことはどうでもいい」

「えっいいの？」

身振り手振りをつけて必死に言い訳をしていたのに、バッサリと切られて困惑する。

「じゃあなんで俺、今追い詰められてるんで――、っ！」

レインの手が先ほど頰を摑んだ時のように伸びてきて、次は何をされるのかとビクリと身を竦《すく》めた。

しかし予想に反して、優しく触れてきた広い手のひらは、俺の頰をゆるりと撫でるだけに留まる。

「――へ？」

「確かに現代社会では【異能】の強さが人の優劣になっているが、【異能】が弱くとも優れた人を、俺は知っている」

「は、はぁ……」

するり、と俺の首筋や頰をレインの指先が滑り、軽いパニックに陥る。

汗を結構かいてるんだが気持ち悪くないだろうかとか、そもそもなんで撫でられてるの俺とか。

「ポチ。屋上で初めて会った時、お前は俺に何と言ったのか、覚えているか？」

「いえ……それよりあの、手……」

恥ずかしさと喜びで、頭が茹《ゆ》だる。

処分されるかもと思っていただけに緊張が解けて気が緩み、今の状況に困惑が押し寄せた。

（……この形、よく考えたら壁ドンってやつなんじゃ……？）

俺、なんでレインに壁ドンされて優しく撫でられてるんだろう。

地獄から天国、でもこっちも地獄。膝が震えて今にも崩れ落ちそうだ。

今すぐここから逃げ出したいのに、レインに触れられて嬉しいと思う自分もいる。

「あの時、お前は俺を見てすぐに『ずいぶん辛そうですけど大丈夫ですか？』と言った」

「あ、ああー……言いましたね、確かに」

この体になってから初対面の時のレインは、対面してしまった焦りなんて吹っ飛ぶほどに、顔色が悪かった。

聞けば二年ほどまともに寝ていないというから、最初は無理やり膝を貸したのだ。

いち作業員が総統にすることではなかったが、思いの外素直に受け入れられ、驚いたことを覚えている。

それからレインは俺の休憩時間に現れては、膝を使うようになった。

「それが何か……？」

「俺の心配をする者はいない。俺は完全無欠だと思われているし、元より体調は顔に出ない体質だ」

「そうなんですね。便利なのか不便なのかわからないな……」

「……まだわからないか？」

「な、何が……？」

「俺の顔を見て体調不良を見抜いたのは、生まれてこの方、二人しかいない。その一人がお前だ」

「——そ、そうなんですね」

まずい、これは非常にまずい気がしてきた。

レインの体調不良に気づいたもう一人も、間違いなく俺だ。阿僧祇利那だ。

小さい頃のレインは、野生の獣のように怪我《けが》や熱を何事もない風に隠そうとした。だから俺は追いかけて捕まえて、布団に突っ込み看病した。

確かにレインは体調不良を隠そうとする上に、顔にも出にくい。でも、一緒に暮らしてよく見ていれば、さすがにわかるようになってくる。

逆に言えば——一緒に暮らしでもしない限り、わからないということだ。

「知れば知るほど、お前はあの人に似ている。俺の表情を見て体調不良に気づくのも、ベスが心を許すのも、一癖あるタスマニア支部長がわざわざ口裏を合わせるのも、素直になる薬でベスの卵が割れることを知るのも——俺の知る限り、ただ一人だ」

「う……っ！」

俺は震えながら、顔を逸らす。

連行されている最中より今の方がずっと、罪が明るみに出た気分だ。

俺はかつて、十八歳のこの子に乗っかって、身勝手に童貞を奪った。倍ほども歳が離れた身でだ。

「この類似は、お前があの人に育てられた程度ではありえない」

忘れていたわけではもちろんないが、頭の隅に追いやっていた罪の意識が顔を出す。

まともにレインの顔を見れそうにないのに、他ならぬレイン自身が許さなかった。

顎を持ち上げられ、無理やり視線を合わせられる。

「見た目も歳も、調べたがDNAも全く違う。馬鹿《ばか》げていると何度も思ったがしかし、そうだとしか考えられない」

体の震えが止まった。

恐怖が消えたからじゃない、諦めただけだ。

「お前は……いや、あなたは」

もう誤魔化しは効かない。

レインはすでに、確信している。

「――阿僧祇刹那だ」

見た目も年齢も違う俺が、育ての親だと、言い当ててみせた。

本当に、立派に育ってくれたものだ。

「レイン……」

「……そうだと、いうのならば。あなたの口から真実を聞きたい」

レインは、真摯に俺を見つめていた。

その眼差しに――違和感を覚える。

予想していた恨みや憎しみは一切なかった。

あるのは、もっと優しい感情。二年前まで一緒に暮らしていた間、互いに向け合っていたもの。

俺は、自分が勘違いしていたのかもしれないと思い当たる。

(もしかして、心配、してくれていたのか？　だから、探していた？)

俺が二年前にレインを襲い童貞を奪ったのは、嫌われようと思っての行動だった。

だから嫌われ、憎まれ、恨まれて当然だと、思い込みすぎていた。

でも今レインから伝わってくるのは、心配と安堵《あんど》。

生きていてくれてよかったという、暖かな気持ちだけだった。

そこに、想像していたような殺意は、ひとかけらもない。

(……なんで、そんなに優しいんだ)

急に、恥ずかしさがこみ上げてきた。

俺はどうやら想像以上に、この男から慕われていたらしい。

——でも俺は、レインにそんな風に思ってもらえるような人間じゃないんだ。

「お、俺は……」

「うん」

レインは穏やかに、根気強く俺の言葉を待ってくれた。

真実を話せばきっと受け入れられる。

『正義の味方』の下っ端になったことも、もしかしたら俺の二年前の悪行も許されるかもしれない。

でも、それだけは駄目だった。

レインに受け入れられる——それこそが俺がずっと昔から、恐れていることだから。

「俺は、レインを不幸にしたくない」

「……どういうことだ?」

自身の顔を両手で覆い、呻くように吐き出した俺に、レインが困惑した声を向ける。

わからないだろう。わかってほしくない。

──俺には、レインに恋して以来、どんなことをしてでも隠し通すと決めた秘密が一つある。

それを知られないために離れるしかなかった。嫌われるしかなかった。

なのに、レインはこんなにも俺に優しい。

やめてくれ。

これ以上、好きになりたくない。

「俺は、お前の茶飲み友達……くらいでいられたら、よかったのになあ」

「なにを──」

レインが問いただそうとする、その声を遮るように、室内が突如暗くなった。

停電ではない。窓の外に現れたものに、光が遮られている。

「「伏せろ！」」

俺がレインを引き倒すと同時に、レインも俺を押し倒した。

瞬間、外から無数の銃弾が撃ち込まれ、窓や壁が円形に霧散する。

「【異能】の弾か……、っおい！」

レインが外に注意を向けた一瞬の隙に、その腕の中からするりと抜け出す。

襲撃者の予想はついていた。

なにせ、俺がここに呼んだのだから。

すっかり外と繋がった窓へと、走った。

外には【異能】の力で奇妙なほど無音のヘリコプターが滞空している。

「──ベス!!」

そして、俺の声に応じるように、割れた窓から飛び込んでくる赤い影。

『刹那、無事ですか！』

「ベス、いいタイミング……!!」

室内で素早く旋回したベスに飛びかかり、しっかりと掴まった。

大柄で芸達者な鳥であるベスは、長時間は無理だが数分であれば人を運ぶことができる。

バサリと力強い羽音を響かせ、外でホバリングするヘリに向かってビルを飛び出した。

『うわレインいるじゃないですか、両断が来る！　今落ちたらただで済みませんよ刹那！　卵、卵持っておきなさい！』

「わ、空中で産むな！」

ベスがぷりぷりぷりと産む卵を、空中で曲芸のように受け止める。

片手と両足をフルに使い、三つの卵をかろうじて全て確保した。

「両断は来なさそう――っていうか、普通に追いつかれそう」

『私の全力に追いつく!?　やはりあの子ども化け物では!?』

かつては神速の赤鳥とまで言われたベスのスピードは、俺という荷物を抱えていてすら大型バイクほど出ていた。

しかし、総統であるレインが身につけているのは、ベスの『身代わり卵』のように異能で生み出された特殊な品々。

靴や小物に加工したそれらは、非常に高価で扱いも難しい代物だが、使いこなすことさえできれば一時的に空を駆けることすら可能にする。

レインは道具を躊躇なく使い捨てながら、俺たちを追ってきていた。

高価な道具を惜しげもなく使い、常日頃持っている余裕すら崩して追ってくるレインに胸が締めつけられた。

（レイン、どうして――）

今すぐ全てを吐露し、許しを請いたいとさえ思う。

「刹那！　俺は、あなたに言いたいことが……っ」

レインの凜《りん》とした声が、風に流されてもなお届く。

「……ッ！　レイン……！」

とうとう俺も、口を開いた。

しかし、その時。レインの表情が驚愕《きょうがく》に変わる。

「刹、那……？」

二人の視線を辿《たど》り、俺も前方――目前へと迫ったヘリの内部へ目を向ける。

レインとベスが同時に呆然《ぼうぜん》とつぶやいた。

『あれは……なんです……？』

「な……!?」

ヘリには操縦士の他に、もう一人乗っていた。

開かれた後部座席。

アサルトライフルを手に、俺とベスを越え後ろのレインへと照準を合わせる男。

法律で重火器が禁止されているこの国で、ライフルなんてそう見るものじゃない。――しかしそれ以上にありえないものが、そこにいた。
風で乱れた黒髪に、だらしのない無精髭《ひげ》。
その顔を、俺たちは全員、見知っている。
「俺――？」
そこにいたのは、かつての俺。
三十歳をとうに越えた阿僧祇刹那。
ベスを炎から引っ張り出し、レインを拾い育てた、『悪の組織』所属の男。
俺がここにいる以上、そんなものがいるはずはない。
しかし事実、刹那は今ここに存在していた。
現実を受け止められず思考が停止する。
――その瞬間、銃声が響いた。
銃弾は俺とベスを避け、レインへと向かう。
「レイン……ッ⁉」
『あなたまで落ちる、早く入れ！』
伸ばした手は届かず、レインの体が落ちていく。
俺はベスによってヘリの中に押し込まれながら、無情にもビルから遠ざかっていった。

二章　総統閣下の探し人

執事然とした三人の初老の男に先導され、長い長い廊下を歩く。

俺の頭の上にはベスが座り、ふかふかと揺れていた。

「ベス。本当にレインは大丈夫なんだよな……？」

『間違いなく、あなたから落ちた卵を受け取っているのを見ました。弾丸で一個、落下で一個、卵が身代わりをしたはずです』

「よかった……ありがとうな、ベス」

もふもふと撫でると、ベスは照れたように身を震わせた。

『べ、別に、レインのためじゃないですからね』

「俺のため？」

『よくわかってるじゃないですか。はい卵』

「褒める時も産み付けるじゃん……」

『悪の組織』のビルから逃亡時、レインが撃たれる直前に、ベスは俺を大きく揺らした。

その拍子に俺が持っていた卵がレインへと飛び、レインも空中で受け取ったという。

それを聞きようやく胸を撫で下ろすことができた。

――ヘリは、俺に頼まれてベスが呼んだものだ。

ベスのとまり木を決まったタイミングで何度か引っ張ると、ある場所に緊急信号が送られるようになっている。

これまで一度も使ったことはなかったが、ベスの部屋に行った時に使うよう頼んであったのだ。

俺が『正義の味方』の元で、薄給で大人しく働いていたのも、俺が消えて以降の状況の把握と緊急信号のためだった。

しかし、あんなサプライズがあるとは聞いていない。

レインを撃った、かつての俺に似た男――あれはヘリの中で俺が何を言っても無言。視線すら虚《うつ》ろで、まるで人形のようだった。

レインを撃ったあれが何なのか、企てたであろう人物に問いただす必要がある。

「こちらです」

「どうぞごゆっくり」

「主、阿僧祇様とベス様が参られました」

三つ子の執事は長い廊下の突き当たり、両開きの仰々しい扉の前で、全く同じ仕草で礼をした。

洗練された動きは一見するとロボットのようだが、俺は彼らが主を心から慕う、血の通った執事であることを知っている。

なにせ、長い付き合いなのだ。

「――久しぶりねぇ？」

扉が静かに開くと、無数のモニターがある広く寒々しい部屋に一人、幼い少女が立っている。

今の俺の肩くらいまでしか背丈がない可憐《かれん》な少女はしかし、老練な大人の顔でニコリと笑った。

「ずいぶん様変わりしたじゃない？　ねえ、『悪の組織』第十三代総統、阿僧祇刹那ちゃん」

「あなたはお変わりないようで……いや、少し若返りました？『正義の味方』二代目総司令官、蛸薬《たこやく》師《し》テトロさん」

――これは、世界でも数人しか知らないトップシークレット。

数千年にわたり世界中で対立を続けている『正義の味方』と『悪の組織』。

その二代目総司令官と第十三代総統は、実は何年も前から、同盟関係にあった。

そして、レインを総統の座につけるために久寿米木に陥れられたという間抜けな第十三代総統は、何を隠そうこの俺のことである。

「テトロさん、なぜレインに危害を？　ヘリに乗っていたあの男はなんだ」

「わたしも聞きたいわぁ。二年前、突然姿を消したと思ったらどうして『正義の味方《ウチ》』にいたの？」

無数のモニターが世界各地の『正義の味方』の活躍を映し出す中、俺たちの間ではバチバチと火花が散っていた。

目的のために手を組んでいるとはいえ、元は敵。

俺はテトロさんのことを女狐《めぎつね》だと思っているし、テトロさんも俺を狸親父《たぬきおやじ》だと思っている。仲良しこよしとはいかない。

しかし、まあ、なんだ。

俺は、彼女のことが嫌いではなかった。

「手を組む時の条件だったはずだ。レインには手を出すなと」

「あら、まさか今も対等のつもりぃ？　あなたはとっくに総統の座を追われ、今や『正義の味方《ウチ》』の改造人間。対するわたしは総司令。元よりベスちゃんのオマケでしかなかったあなたが、何も差し出さずに交渉するおつもり？」

幼い少女の姿でありながら妖艶に笑い、挑発するように見上げてくる蛸薬師テトロさん。

名指しされたベスは、我関せずと頭の上でふくふく丸まっていた。大柄なベスは正直重いが、肩こりが一定以上になると産み付けられた『身代わり卵』が割れるから負担は少ない（服はものすごく汚れる）。

「——どうしても、わたしとお話ししたいと言うのなら……」

くるりと体を反転させ背を向けた少女は、中身の老獪《ろうかい》さを知っていても、可憐に見えた。

テトロさんは少しの沈黙の後、長く美しい金髪を小さな手で無造作にぎゅうと握りしめ、続ける。

「お茶……でも……どうかしら…………」

（声ちっさ）

先ほどまでの老練な雰囲気はどこへ行ったのか、もじもじと照れる姿は子どもそのもの。加えて、消え入るような尻すぼみの声。

これが演技なら警戒もできたのに、すっかり毒気を抜かれてしまう。

俺は頭をかき、ベスを撫で、部屋の中を無意味に見回すなど多少勿体《もったい》をつけてから、頷《うなず》いた。

「……いいですね、お茶」

「っ！　いいわよね、お茶！」

俺が頷くと、テトロさんは途端に振り向き、喜色満面で見上げてくる。

ああ、これだから俺はこの女狐が嫌いではないのだ。

この人、敵であるはずの『悪の組織』の者もひっくるめて——人間がめちゃくちゃ好きなのである。

ここは『正義の味方』の本拠地。

総司令官、蛸薬師テトロが住まう、山一つを埋め尽くすほど巨大な施設だ。

総司令官専用の中庭に通されると、気の利く三つ子の執事によってお茶会の準備がすっかり整えられている。

花に囲まれた東屋《あずまや》で、少女の姿のテトロさんと、十九歳になってしまった俺が向かい合って座った。

とてもじゃないが『正義の味方』の総司令官と『悪の組織』の元総統の会合には見えない、のどかな光景だ。

「刹那ちゃん、この紅茶好きでしょう？　取り寄せておいたの。あっ、もちろん先週届いたばかりの新しいものよぉ。今年の初摘みですって！」

「テトロさん。俺、二年も消えていたのに、ずっと取り寄せていたんですか……？」

「え!?　ち、違うの！　美味《おい》しいから！　この紅茶美味しいから取り寄せてたの！　別にあなたのために準備していたわけじゃ……」

「ほうじ茶派でしたよね？」

「ほうじ茶派が紅茶飲んでもいいじゃないぃぃ!!」

慌てふためくテトロさん。

執事が注いだ紅茶をふうふうしながら飲もうとしていたが、液体が注がれたティーカップは幼い彼女の身では重いようで、指先が震えていた。

到底、紅茶を飲み慣れた人間の動きではない。

このティーセットだって、俺が彼女と手を組み、時折会いに訪れるようになってから揃えられたものだ。

威厳を保つべくツンツンした態度だが、おもてなしの心をひしひしと感じる。

素直に受け取るかと、俺もティーカップに口をつけた。

「……美味い。久しぶりに飲みました」

「そう!?　クッキーもあるわよ」

『もうないです』

俺の膝の上に座るベスが、しきりにもぐもぐと口を動かしている。

皿に盛られていたジャムクッキーは、いつの間にか全て消えていた。

テトロさんに対する地味な嫌がらせなのだろう。俺に過保護気味のベスは、同盟者だが敵でもあるテトロさんに少々当たりが強い。

「ベスが全部食べました」

「ベスちゃん、あなた食の必要ないくせして、いい食べっぷりじゃない！　セバスチャン、おかわりを持ってきて！」

「はい、すぐに」

「おかわり用意してくれるんだ……」

テトロさんが手を叩くと、すぐに執事が追加を持ってくる。

以前なら、なくなった時点で終わりだったものだが、久々に会ったためだろう。いつもより一段上のおもてなしの心を感じた。

「ありがとうございます。お茶も、クッキーも。多忙でしょうに、案外マメですね、テトロさん」

「まあね、伊達《だて》に長く生きていませんから」

――蛸薬師テトロ。

彼女の異能は『年齢操作』ランクＳＳＳ。自分や他人を若返らせたり老けさせることができる能力だ。

そのため、見た目は可憐な少女だが、決してその年齢ではない。

彼女は自らの【異能】を使い、数百年間『正義の味方』の総司令官を務めている。

『正義の味方』ができる前から何千年も『正義』と『悪』が争っているが、これだけ長い間、同じ人間がトップを務める例は稀《まれ》だろう。

ちなみになのだが、基本的には悪事を働いていればいい『悪の組織』と違い、悪事が起きてから動く『正義の味方』は、監視に対応にと非常に多忙だ。

そのため、総司令官ともなれば激務極まりなく、真っ先に削られるのは睡眠時間だと聞く。

「…………」

「テトロさん、寝てます？」

「ゴボッ！　お、起きているわぁ！　寝てない寝てない！」

今もテトロさんは、俺が瞬きをした間に、ティーカップに顔を浸して眠っていた。

こんな風に簡単に溺死しかけるが、普段は彼女の命を保つべく常に三人の執事のうちの誰かがついているため生き長らえているようだ。

「まあ、テトロさんのそういうところは嫌いじゃないですよ」

テトロさんは、自らを若返らせながらずっと総司令官という激務を続けている。

理由はただ一つ、人間が好きだから。

不老不死鳥のベス曰《いわ》く、不老不死は強い孤独との戦いだそうだ。

置いていかれる悲しみ、愛しい者を看取る辛さに、心は簡単に死んでいく。

それでも人間が好きだというこの人は、好きであればあるほど辛いはずなのに、ずっと一人で耐え続けてきた。

孤独を踏みしめ、愛する者のために力を奮う。

彼女こそ人類の守護者だと言っても過言ではない。

本音を言えば、尊敬している。

しかし、だ。

「テトロさん。とりあえず一つ、言いたいことがあるのですが」

「何かしらぁ？」

「改造人間ってなんですか。あれ、倫理的にアウトすぎるでしょう。マスコミにリークしないのが対価です、今日は俺の質問に全部嘘なく答えてもらいますよ」

「………え」

彼女には一つだけ、大きな欠点がある。

人類を見守り続け、すでに五百年以上は生きているらしいテトロさんは——

「改造人間ってダメなのぉ!?」

「ダメですよ!!　しかも労働条件超ブラック!!　あんた『正義の味方』の総司令官の自覚あるのか!?」

現代の倫理観が、大きく欠如していた。

俺は、こんこんと説教をしていた。

人を備品扱いしちゃいけませんとか。最低賃金以下で働かせちゃいけませんとか。

そもそも人を改造しちゃいけませんとか。

「で、でもぉ、普通の人間をそのまま改造はしてないのよぉ？　元はクローン人間なのぉ。ちゃんとお金を払って買ったＤＮＡから造って、それを改造して成長させているだけ――」

「人間のクローンの時点で違法ですよ」

「えっそうなのぉ!?　いつできた法律？　テトロ知らなかったぁ」

両頬に手を当てきゅるんと見上げられるが、全く心に響かない。

「かわいこぶっても、違法は違法」

「……改造で自由意志を封じているのが駄目なのかと思ってたわぁ……造るのも駄目なのねぇ」

「改造で自由意志を封じてる!?」

「あっ、そこはセーフ？」

「もちろん真っ黒ですよ！　逆にどこがセーフだと思えた!?」

「むつかしいのよぅ。倫理なんて、時代によって全く変わるしぃ……」

めそめそ泣くフリをするテトロさんに、執事の一人がすかさずハンカチを差し出して慰める。

彼女の傍に常にいるこの三人もそうだが、『正義の味方』は基本的に総司令官の意志に背かない。正義のためなら多少の犠牲はやむをえないという考えのもと、違法行為であってもよほど一般人に被害が出るものでなければ、テトロさんの指令に右にならえをしてしまうのだ。

「だから、倫理専門の部署を作って、新しいことをする時はそこを通せと何度も言ったでしょう！」

「作ったわよぅ。でも改造人間は、刹那ちゃんと会うよりずっと前からやっていたんだもの……。技術はどんどん新しくなるから、昔のまでさらう余裕はないしぃ……」

「うーむ、長命ならではのトラブルだったか……」

改造人間の、あの劣悪な労働環境は、『正義の味方』の技術導入スピードに法整備が追いついていないのが原因だったらしい。

「とりあえず、わかりました。改造人間については後でどうにかしてもらいますけど、それで、あの俺そっくりのやつは何なんです？　あれもクローン？　どうしてレインを撃ったりした？」

「レインちゃんを撃ったのは、本人確認のためよぉ。緊急信号を出したのが刹那ちゃんだという保証はないもの。でも、あなたの傍でレインちゃんに危険が迫れば、ベスちゃんが卵を使うでしょう？もし卵が確認できたら、ベスちゃんの傍の人を連れてきていいわよって、操縦士に伝えてあったの」

「わざわざレインを危険に晒す必要があったか？」

「正直、罠の可能性が大きいと考えていてねぇ」

俺の怒りを、テトロさんは飄々《ひょうひょう》とかわす。

「罠でも一応救助に向かうわぁ。でも、『正義の味方』が『悪の組織』の罠にかかったなら、一矢報いないと示しがつかないじゃない。対象がレインちゃんなら狙いが外れたって、報いとしては十分になるわぁ。もちろん、当てる気ではいたけどねぇ。本気じゃないと、嘘っぽくなっちゃうからぁ」

この女狐め……と思うが飲み込む。

いくつか気になる箇所があったからだ。

「ベスの傍の人……とは妙な言い回しだな。俺の姿が変わっているのが、わかっていたみたいに」

罠の可能性があったというのも不思議な話だ。

確かに俺は二年にわたり姿を消していたが、緊急信号の発信方法は死んだって口を割らない。

その程度の覚悟もなく、テトロさんと同盟を結んだりはしない。

『悪の総統』と『正義の味方』が繋がっているなんて、少しでも漏れれば世界中で暴動が起こるからだ。

だから今の姿であっても、緊急信号を発信すれば本人と証明できると思っていた。

しかし、テトロさんは罠だと疑ったという。

「だって、変なのよぉ。緊急信号は、来るはずがなかったもの」

「……どういうことだ？」

「さっきの、あなたからの質問に答えることにもなるわねぇ――セバスチャン、あれを連れてきてぇ」

「はい。お連れしました」

三人の執事は全員セバスチャンと呼ばれているため、誰だかはわからない。だが、そのうち一人がいつの間にか外に行っていたようだ。テトロさんが呼びかけたタイミングで丁度戻ってきた。

セバスチャンに手を引かれ、連れてこられたのは俺そっくりなあの男。

ラフな服装にスリッパを履かされ、人形のように虚ろな目で、手を引かれ歩いている。

そこに自我が存在していないが如《ごと》く、されるがままだ。まるで、機能停止させられた改造人間のように。

「刹那ちゃん。これは、あなた」

「――どういうことだ？」

「そのままの意味よぉ。これは、あなたが失踪したとされる二年前、『正義の味方《ウチ》』の研究所の裏口に転がされていた。その時からこんな様子で、人格は存在しないと鑑定されたわぁ。それでもDNAは一致したから、あなたで間違いない」

にわかには信じられない話を、テトロさんは淀《よど》みなく話す。嘘ではないだろう。嘘だったら、もっと信じやすいものにするはずだ。

「つまり——あなたはずっと、『正義の味方《ウチ》』にいたのよぉ」

「なん……だって……？」

背筋を冷たいものが伝う。

これが、俺？

DNAが一致した？

じゃあ、俺は——今ここにいる俺は、なんなんだ？

『刹那、少し離れても？』

「ん、ベス、どうした？」

『ちょっと確かめに』

ベスがバサバサと飛んでゆき、セバスチャンに促されるまま椅子に腰掛けた俺（仮）の膝の上に立つ。

俺（仮）はシンプルなYシャツを着せられていたが、ベスはボタンをムシィとクチバシで引きちぎり、胸元をくつろげた。

そこには、俺たちの記憶と寸分違《たが》わない火傷の痕がある。ベスを炎の中から引っ張り出した時にできたものだ。

『これは確かに……間違いなく刹那ですね』

「ベスから見ても間違いないのか？」

『この火傷は私の分身みたいなものですから、複製は無理でしょうね。つまり刹那が二人……』

ベスはキリッとした表情で振り向いた。

『もらっても？』

「だめ」

『大事にしますから。ずっと温めますから』

「だめ」

『温めさせろ!! ウオー卵!! ウオー!!』

「落ち着け、落ち着けベス、ここで卵産むな!! あーほらセバスチャンが回収してる……」

「何を話しているかわからないけど儲《もう》かったわぁ」

ベスが興奮して俺（仮）の膝の上に卵をプリプリ産み付けるが、すかさずセバスチャンが回収してしまう。

同盟の条件の一つに、この施設内で産まれた『身代わり卵』は『正義の味方』側に譲渡するという項目があるのだ。超高級品のベスの卵は贈答品としても大活躍である。

『ハッ!! 私としたことが、つい』

「うんまあ、いつものベスだったよ……」

『しかし、何度見ても我が終の巣が二人もいる……終の別荘……？』

そう言い出したあたりで、俺（仮）からベスを引き離した。

「こーら、巣は俺一人だろ」

『はい……』

「――ありがとな、ベス」

『？　何がですか』

「ベスは、俺の翼ってこと」

抱きしめたベスをもふもふ撫で、羽の下に顔を埋《うず》めた。

ベスはよくわかっていないみたいだが『当然ですよ』と囁き、翼で頭を包み込んでくれる。

ベスの奇行とふわふわした羽毛のおかげで、自分の中に芽生えた恐怖はいつの間にか霧散していた。

あっちは俺で、こっちも俺。納得するには時間をかけていくしかないが、今のところは、とりあえずそれでいいだろう。

「…………………」

「あっテトロさんまた寝てます？」

「ヌッ!!　ね、寝てない、寝てないわぁ」

いつの間にか机に突っ伏していたテトロさんが、慌てて身を起こした。

あどけない少女の姿に似合わない疲れ切った顔で、それでも妖艶に微笑む。

「ベスちゃんとのイチャイチャっぷり、間違いなく刹那ちゃんのようねぇ。全く、見た目以外は変わらなすぎて気が抜けちゃったわぁ」

「やっぱり寝てたんじゃないですか」

「寝てないもん。ところで、そっちの体はどうするのぉ？　ちょっと実験には使ったけど、無傷よぉ」

聞き捨てならない発言に、目をひんむく。

「ちょっと実験に使った⁉」

「えっダメだったぁ⁉」

「ダメに決まってるでしょう‼　倫理部は⁉」

「通すわけないでしょ、あなたのことなんてトップシークレットなんだからぁ‼」

「それもそうだ‼　……実験って、何したんです」

怖いもの見たさも相まり、恐る恐る聞いてみる。

「ええとね、ほんの少しよぉ？　別の人格を植え付けようとしたり、電気信号をいじって何時間歩けるか試してみたり」

「……レインを狙撃したあの動きも、まさか」

俺の言葉にテトロさんはパッと顔を輝かせた。

「あれはねえ、すごく上手くいったのよぉ！　簡単なプログラムを実行するような命令式なんだけど、持続時間が短い代わりにかなり複雑な動きができてぇ……あ、あれ？　利那ちゃん、どれがダメだったぁ？」

「全部ですね……」

『卵ー‼　卵食べなさい刹那の肉体‼』

「ベス、窒息するから口に卵直産《じかう》みはやめてあげて……」

もはやどこからツッコめばいいのかわからないが、『正義の味方』で二年間預かられた『悪の組織』の元総統の体が五体満足なことには、とりあえず感謝するべきなのかもしれない。

でも素直に頭を下げたくないから、俺（仮）の元に飛んでいって口に卵をねじ込んでいるベスを抱き上げて、ふかふか撫でることで誤魔化す。俺（仮）の口に詰まった卵はセバスチャンが速やかに回収していった。

「別の人格とかは大丈夫なんでしょうね……俺の体なのに、嫌ですよ変な人が入ってたら」

「別人格の実験は、残念ながら失敗しちゃったのぉ。あなたの精神耐性値が高すぎたみたいでねぇ。あとで検査結果を見せるわぁ……だからほら、健康診断したくらいの気持ちにならない？」

「実験を健康診断で済まそうとするな……!!」

「なによう、じゃあもしかして私の【異能】で、肉体年齢を見つけた時のまま保ってたのもダメだったぁ!?」

「それはありがとうね!?」

「初めてオッケー出たぁ！」

気まずそうを通り越してちょっと涙目になっていたテトロさんが、嬉しそうに顔を上げた。

なんとも気が抜ける。この人は本当に、俺を含めた人間全てが好きで、嫌われたくないのだ。

「いやまあ、もう全部ありがとうございます……無事……無事なのかはわかりませんが、体を保管しておいてくれて、助かりました」

『正義の味方』の総司令官に素直にお礼を言うのもシャクだな……と顔を逸らしてぶっきらぼうに告げたが、何百年も生きている博愛者は、ふわりと微笑む。

「構わないわぁ、あなたを助けるのも同盟の条件だしねぇ。これ、あなたから抜いた年齢。渡しておくわぁ」

「これは……〝デブリ〟ですか」

「見るのは初めてかしらぁ？」

「初めてではないですが、こんなに綺麗な黒は初めてです。さすがランクＳＳＳ」

デブリとは、異能を使った際に排出されることがある黒い玉だ。

普通は、手のひらサイズで灰色に近い黒だ。しかし、テトロさんの目配せでセバスチャンが銀のトレイに載せて差し出したのは、指先で摘《つま》める程度の濃い黒のものだった。

デブリは【異能】の副産物として排出されるものだ。例えば部屋から酸素を奪う能力なら奪った酸素がデブリとして排出され、そのデブリを割れば酸素が放出される。

テトロさんは年齢を増やしたり減らしたりする【異能】だから、これは俺の三十六歳から三十八歳までの、二歳分のデブリだ。

「ベス、これいる？」

『もちろん！』

自分の年齢の使いみちなんて浮かばないから膝の上に座るベスに渡してみたら、嬉しそうに腹の下にしまい込む。

ご満悦の顔でふくふくと温めだした。俺以外を嬉しそうに温めやがって……。

「ところで、こっちのあなたの体は、先に送っておくわねぇ」

「はあ……ん？　先に送る？　どこへ？」

「どこへって、あなたの新しい職場よぉ」

「新しい職場……？」

突然のことにオウム返ししてしまうと、テトロさんは指を組んで顎を乗せ、にっこりと微笑んだ。

非常に嫌な予感がする。

「改造人間、どうにかしろって言ったのはあなたでしょう？」

＊＊＊

「なんでこんなことに……」

あれから一ヶ月。――俺は、非常に大変な一ヶ月を過ごした。

そして今日は、ベスを生贄《いけにえ》にしてようやく摑み取った休日を謳歌《おうか》しに、久々に街へと繰り出している。

しかし紅茶店へ向かおうとした足はどんどん遅くなってやがて止まり、ハチ公像が遠目に見える繁《しげ》みの傍にしゃがみ込んだ。

今、俺の衣食住のランクは、低級備品寮時代からぐっと上がった。給料も、まともな額が出るようになった。

だが、それでも蓄積された疲労のせいで、どこかへ遊びに行く気力を失っていた。

「お前は大丈夫かー？」

隣に座った同行者に声をかけてみるが、うんともすんとも言わない。まあ、わかっていたが。

同行者はキャップを深く被り、マスクで顔を隠しているから、夏の陽気にバテないか心配だ。

「水でも買ってくるか……わぷっ」

よっこいしょと立ち上がろうとした時、前に人がいたらしくぶつかってしまう。

「すみません、ちゃんと見てなく――、っ!?」

謝罪しようと、背の高い相手を見上げると、逆光でもわかるほど剣呑《けんのん》な顔つきで俺を見下ろしていた。

暑いのに汗一つかかず、上等な仕立てのスーツを着こなした、金髪の男。

『悪の組織』のビルで別れて以来、久々に見た顔。

「れ……レイン……!?」

「――ちょっと、顔を貸してもらおうか、刹那」

低い声で無感情に告げるレインは、心の底から怒っているようだった。

放たれる凄《すご》みが二十歳という若さを薄れさせ、年齢不詳の美しさを演出している。

「ハイ……」

逆らえず、本能のまま頷いた。

レインの真っ昼間に似つかわしくない色気に、道行く人が見惚れ、俺自身も魅了される。

しかし、心臓はバクバクと警鐘を鳴らしていた。

なぜなら俺は今日、たまには陽《ひ》に当ててやろうと――帽子とマスクで顔を隠した三十六歳の俺の体を、同行者として連れてきていたからだ。

(なんて説明したらいいいんだ……!?)

俺はスス……と移動して、座ったままの三十六歳の方の俺をレインから隠そうとする。

「い、行くのはいいんだけど、ちょっと待って……連れがいて……帰らせるから……」

「連れ？」

訝《いぶか》しげに眉をひそめたレインが俺の脇に手を入れてひょいと抱き上げた。「軽いな……」と不愉快そうにつぶやいた声を耳が拾う。

「あっ、こら……！」

じたばたもがく俺をものともせず、背後に隠した体をレインが睥睨《へいげい》した。

直後にストン、と音がして、何かと見れば被せていたキャップが両断されて落ちている。

虚ろな目が陽の光に晒されていた。

「これは、あの時の——刹那の体か」

「う、うん……」

諦めて力を抜きながら、必死に言い訳を考える。

『正義の味方』総司令官のテトロさんと『悪の組織』総統であった俺が繋がっていることは、仲介してくれたベスと、テトロさんの手足として一切の私欲を持たない三人のセバスチャン以外は、誰も知らない。

レインにはいずれ話すつもりでいたが、まだ早いと隠していた。

改造人間となった今の俺の所属が『正義の味方』であることなんて、レインにはもうバレているだろう。だが、『正義の味方』になぜ俺がいるかとか、そもそもどうして精神と体が別なんだとか、突っ込まれても答えることが難しい。

（ああーどうしよう……）

「そっちの体は、ついてこれるか？」

「え？」

質問攻めにされる覚悟を決めていたが、予想に反してレインは何も聞かなかった。俺を抱えたまま器用に、落ちたキャップを拾い上げる。

両断から元に戻したキャップを被り直させながら、「ついてこれるか」と今度は三十六歳の俺の体の方に問う。

意志を持たない体は素直に立ち上がり、レインに従うそぶりを見せた。

「レイン……？　何も聞かないのか？」

「——聞きたいことも言いたいことも山ほどあるが」

「うっ、うん……」

レインの腕の中でびくりと体を強張《こわば》らせるが、おかしそうに目を細めて見つめられる。

その表情には、俺を責めようとか見透かそうとかする色はなくて。

ただ、ひたすらに。優しく、あたたかい。

「不思議なものだな。こうしてあなたを目にしたら——生きていてよかった以外の言葉が出てこない」

「肉だ……！」

「シャトーブリアンだ。俺に味と名前を教えたのはあなただろう」

「そんなこともあったなあ。レイン、昔は腹に入れば何でも一緒だとか言って、牛と豚の区別さえどうでもよさそうだったから、いいもの食わせてやらなきゃってここ連れてきたんだっけ」

黒塗りの高級車に乗せられどこかへ向かう途中、俺の腹が盛大に鳴って、何が食べたいと聞かれたから反射的に「肉！」と叫んでしまった。十九歳の体は食欲に素直すぎる。

せっかくだから、三十六歳ではめっきり受け付けなくなった唐揚げ山盛りとかで十分だったんだが、レインが連れてきてくれたのは都内にある超高級店の個室。

輝かしいコース料理のメインはシャトーブリアンのステーキだった。牛肉すら久々で、感動して目に焼き付ける俺の隣で、三十六歳の体——ややこしいからそちらは阿僧祇と呼ぶことになった——は、機械的に肉を切り口に運ぶ。

向かいにレインが座り、柔らかい眼差しで俺と阿僧祇を見つめていた。

「刹那は、高くていいものと安くていいものは知っておけと、様々な店に連れていってくれたな」

「うん。お前はすぐ味を覚えていったから、連れ回し甲斐があったよ」

レインはいずれ歴代の誰より偉大な『悪の組織』の総統になると思っていたから、俺は育ての親として、レインの見る目と舌を養うことに注力した。

いずれ人の上に立つ人間が物知らずでは困ると思ったからだ。当然、常識や礼儀作法も徹底的に仕込んだ。

レインをよいものに触れさせるために金稼ぎを頑張《がんば》ったし、おかげで安普請だがビルも建った。

俺の総統時代の功績は全て、レインあってのものだ。

「それにしても悪いな、俺だけじゃなく俺の体——阿僧祇の方まで奢《おご》ってもらっちまって。あれ、味わかってないと思うんだけど」

「あなたが謝罪すべきなのは、阿僧祇と刹那《体と心両方》の貧相な食生活についてだ。毎食カップ麺で済ませていると言っていたが正気か」

「忙しくて……あってもベスの卵を入れてたから、栄養は問題ないよ」

「あの鳥の卵を気軽な栄養食扱いできるのは、世界中であなたくらいだろうな……」

呆れ混じりに微笑み、ステーキを口に運ぶレインの所作は美しい。

出会った頃から、自然にしていてもどこか高貴さが滲む子どもだった。体の成長に伴って、内面もとんでもなく育ったようだ。

ただ肉を食べているだけなのに、一幅の絵画のような見応えがあった。

「――どうした？」

「へ？」

「熱心に眺めていたな」

いつの間にか、見惚れてしまっていたらしい。

レインが笑って腕を伸ばし、俺の頭をぽんと撫でた。

「追加を頼むか？」

おそらく三十六歳の俺よりも、大きく育った手のひらで優しく撫でられ、心臓が跳ねる。

「レイン、あのさ――き、気のせいかもしれないいんだけど」

「うん？」

俺の前にまだ肉があるのに、手ずから追加を注文しようとするレインの袖を、ぎゅっと摑んだ。

――なんだかレインがずっと優しくて、調子が出ない。

レインはもっとずけずけと、例えば俺がベスの卵を気軽に食べていたらド正論並べて怒ってくるような、厳しい子だったはずだ。

それなのになんだかすごくすごく――優しい。

「……もしかして俺のこと、甘やかしてない……？」

俺は一応お前の育ての親で、しかもひどいことをした過去があるんだが、と上目遣いで恐る恐る窺《うかが》えば、レインはふ、と花が綻ぶように笑った。

はちみつみたいに甘く蕩《とろ》けた微笑みに、少しのいたずらっぽさを含んだ目で、見下ろしてくるその顔が何よりも雄弁で。

「――どうだろうな？」

（……好きになってしまう!!　惚《ほ》れ直してしまう!!）

俺は真っ赤になって、心の中で絶叫した。


食事の後、連れていかれたのはハイブランドの服を扱うショップだった。

貸し切りにされた店内には、急遽《きゅうきょ》集められたのか俺向け《十九歳》と阿僧祇向け《三十六歳》、両方の服が並べられている。

人払いしているようで見える範囲に店員はいない。

広い店内には靴や下着、アクセサリーに鞄《かばん》などの各種アイテムも取り揃えられていた。

「好きなものを選べ」

「俺、今の服のままでいいんだけど……」

「仮にも悪の総統だった者が安い服を着るな」

レインは俺が近所のスーパーで三枚千円で買った、俺にはブカブカで阿僧祇にはパッツパッツのTシャツを、親の仇《かたき》のような目で睨みつけた。親は俺なんだからいいじゃん……。

しかし、高い服は嫌いではない。むしろ好きだ。着心地も肌触りも全然違う。

「じゃあ、ありがたく」

「なぜ下着に一目散に……まさか」

「あっ。こら、やめ……ああ俺のズボン……」

「……なんだこの下着は……」

いの一番に下着が並べられたコーナーへ向かおうとしたら、何かに勘付いたらしいレインに腕を掴んで引き止められた。

止める間もなくズボンが両断され、ボロボロのパンツが晒される。

もはやボロ切れと言って過言ではない、かろうじて局部を隠している程度の、破れほつれだらけのパンツだ。

愕然とした顔で見下ろすレインから手で隠し、しゃがみ込む。さすがに、家族相手でも局部を見つめられるのは恥ずかしい。

「やめてくれよ、人がいないって言っても店内なのに……」

「そういう問題ではない。あなたという人は……大方《おおかた》『見えないからいいや』と後回しにしたのだろう」

「俺のことよくわかってるじゃん……」

「――あなたと、いう人は」

（ああ、あれがくるな……）

美しい顔に青筋を浮かべ息を吸ったレインの前に、俺はしずしずと正座した。

隣にいつの間にか来ていた阿僧祇《体》も、並んで正座している。

「刹那――人には与えるくせして自分を後回しにする悪癖を改めろと何度言えばわかる。近くにいるあなたがみすぼらしければ、関わる者も侮られるといつも言っているだろう。見えないからいい？それは見えないように気を使う者が言う台詞《せりふ》だ。あなたは公衆トイレでも銭湯でも平気で入っていくだろうが。他人は見られたくないところほど見ているものだから隅々まで気をつけろと、俺に教えたのはあなたなのに、あなた自身がそんな様子だと説得力が――」

「ハイ……スミマセン……ソノトオリデス……」

こんこんと、立板に水のように続く説教。

正論すぎて何も言えず頷くことしかできない。

レインが幼かった頃は『悪の組織』も俺も貧乏だったから、育ち盛り伸び盛りのレインに優先して金を使っていた。

そうしたら、「みすぼらしい総統だ」と構成員に陰口を叩かれたことがあったのだ。

それを聞いたレインは激怒し、俺自身にも金を使わせるようになった。

自分にも人相手と同じくらい金を使うと約束させられ、破ると――今のような説教地獄が待っている。

「い、いや、でも金はほら、俺の好きな紅茶につぎ込んでるし……」

「あなたは金がない時は、自分だけなら粗悪な茶を飲むだろう。屋上で今のあなたと再会した時の顔を忘れていないからな。その後に振る舞われた高級茶葉は、俺のために買ったもののはずだ」

「うぅ……でも俺も飲んだし……」

「第十三代悪の総統ともあろう者が、人のおこぼれを贅沢《ぜいたく》とみなすな。俺の幼少期、今のあなたと同じことをやったら叱《しか》りつけてきたのはあなた自身のはずだが？」

「ハイ……スミマセン……ソノトオリデス……」

ちょっと言い返しても、あっさり論破された。俺はひたすら肩を縮こめ、壊れたラジオみたいに謝罪を繰り返すしかない。

一応反省はしているのだが、レインを拾うまでは俺はまあまあみすぼらしい男だったのだ。自分自身なら、みすぼらしいと言われても今更すぎて、特に気にもならない。

「……レインも成人したことだし、もう俺がどんな奴でもよくないか？」

「刹那……」

「あ、やべ。き、聞こえてた……？」

小声でぽつりと文句をこぼせば、レインの耳にも届いてしまったらしい。

整った顔に、ビキビキビキと青筋が浮かぶ。

それにしても、怒っていてもレインは綺麗だ。

だが、美人が怒ったその顔は、雷親父よりよほど恐ろしい。

——説教はそれから一時間ほど続き、俺と阿僧祇の足は立ち上がれないほど痺《しび》れたのだった。

足が痺れた俺たちの代わりに結局レインが二人分、車に乗り切らないほどの服や小物を選んでくれ、今持っているものは全て処分すると約束させられた。

三枚千円のTシャツが、一枚三万円超えにグレードアップだ。

もちろんパンツも買われた。

二十枚くらい買われた。

「養い子にパンツを選ばれるの、地味に恥ずかしい……」

「これに懲りたら、二度とあんなもの穿くなよ」

「ハイ……」

長いベンツの後部座席で阿僧祇と並び、レインと向かい合う。

上から下まで全てぴかぴかの新品に着替えさせられた俺たちを見て、レインはご満悦だ。

(甘やかされてるなあ……)

俺の手首や額に刻まれた、改造人間管理用のバーコードには何も言わずに、新しいバンダナやリストバンドを買い与えてくれた。

何も聞かない、というのが一番甘やかされていると思う。

「レイン、最近は眠れている?」

「以前よりはな。あなたが見つかったから」

「不眠の原因、俺だったの……!? ごめんな……」

「いい。生きていてくれたからな、全部許す」

「ありがと……」

しばらく雑談していたが、揺れのほとんどない車の中、知らず知らずのうちに気が抜けたらしい俺は、うとうとしていた。

「疲れているんだろう、寝ているといい」

「うん……レインも一緒に寝る……？」

「それは、あとでいい」

「………？　わかった……」

吸い込まれるように、眠りにつく。

そして、目を覚ました時。

「――ふぇ？」

俺は、外から鍵がかけられた部屋の、めちゃくちゃ広いベッドに寝かされていたのだった。

「……なんだここ」

とりあえず一通り、部屋の中を見て回ったが、外に出る方法は見当たらない。

大きな木製の扉には外から鍵がかかり、ノブをガチャガチャしても叩いても返事はなし。

窓は嵌《は》め殺しで外に格子状のシャッターがあり、隙間から見える風景はどこかの山の中だ。

空調は高い天井に設置されており、足場になるようなものもなく手は届かなかった。

大人が五人は悠々と眠れそうなベッドには阿僧祇《俺の体》がスヤスヤと眠っている。

部屋に時計はなかったが、阿僧祇が眠っているということは二十一時以降のはずだ。

阿僧祇は、特に命令がなければ二十一時を過ぎると眠ってしまう良い子なのである。

決しておじいちゃんだからとかではない。まだそんな歳じゃない。絶対に違う。

「うーん、家具の趣味はいいな……」

阿僧祇の眠るベッドも、広い部屋に配置されたテーブルやチェアも、俺好みのものばかりだった。

分厚い一枚板で作られたテーブルとか、木を曲げた優美なデザインのチェアとか、正直めちゃくちゃ居心地がいい。ここに住みたい。

窓は塞がれているが壁紙が華やかで圧迫感もなく、モデルルームのように美しい部屋でありながら、人が心地よく暮らせるようにとよく考えられているのが伝わってくる。

「ここまで俺の趣味を知り尽くしているとなると、ベスとモリノミヤ、あとはもちろん――」

「起きたか」

「やっぱりお前だよなレイン〜〜〜」

扉を開けて入ってきたのは、当然ながらレインだった。

お前じゃなかったらどうしようか、と感動のあまり飛びついてしまう。

抱きついたまま、レイン越しにチラッと外を見た。

「ぐぬ、二重扉か……!!」

「抜け目のない人だな」

扉の向こうにはもう一枚扉があり、そちらは網膜認証錠のようだった。抜け目ないのはどっちだ。

レインはワゴンを押しており、上には見事なアフタヌーンティーセットが並べられている。

「紅茶はいかがか、親父どの」

「ずるい……！　喜んで!!」

「阿僧祇も起こすか」

色々と聞きたいことはあるのに、飲み頃の紅茶が目の前にあっては、喉から出かけた言葉も押し戻された。飲み頃の紅茶は、すぐさま飲むべきなのである。

あたたかみのある木製のチェアに身を預け、ロケーション以外は完璧なお茶会が始まった。

「スコーンに、クロテッドクリームをたっぷりつけて……あっ阿僧祇は少なめにしとこうな。胃もたれするから」

「胃もたれするのか？」

「お前も三十五歳を過ぎればわかるよ……あーいやどうかな、俺は人より貧弱な方だからなあ……」

異能が強いと身体能力も高くなり、内臓機能も上がると聞く。

ランクSSSのレインなら、何歳になっても平気で家系ラーメンアブラマシマシとか食べられそうだ。食べるかどうかはともかくとして。

「――ところで、何なんだこの部屋。閉じ込められてるんだけど俺」

「見事に紅茶を飲み尽くしてから聞いたな」

十九歳の胃袋でぺろりと完食した俺を、レインはおもしろそうに眺める。

「ごちそうさまでした。めちゃくちゃ満足……眠くなってきた」

「ベッドならそこにある」

「んー、でもベスが待ってるから早く帰らないと……なのに、なんだこの眠気。また一服盛った？」

「今日は何も盛ってない。疲れていたんだろう」

サンドイッチに〝素直になる薬〟を盛られたことを思い出すが、確かに睡眠薬系の眠気ではない感じがした。一ヶ月の激務による疲労は、多少のうたた寝では解消されなかったようだ。

「確かに最近めちゃくちゃ忙しかった……悪い、また寝る……」

「この状況で躊躇なく眠れるのも、あなたの偉大なところだな」

「食える時に食って、寝れる時に寝るのがポリシーだから……」

阿僧祇の手を引き、ベッドに向かう。柔らかいがしっかりと体を支えてくれるマットレスにばふっと倒れ込むと、レインが抱え直して仰向けに横たわらせてくれた。

遠ざかる意識の中、水音がして体を起こされ、背後から抱きしめられた状態で口に歯ブラシが突っ込まれる。

（レインお前だったのか、俺が激務でぶっ倒れた時に寝る準備させてくれていたのは……）

悪の総統時代、夜中にへろへろで帰宅しても朝にはさっぱりしていることがあった。てっきり無意識で整えて寝ていたのかと思っていたが、レインがやってくれていたらしい。

「ちょっと……恥ずかしい」

「いいから寝ろ」

「んー……」

起きて自力で歯磨きしたいとも思ったが、疲れには抗《あらが》いきれなかったようで、いつの間にか眠ってしまった。


「……んがっ」

目覚めたら、阿僧祇と俺とレインで川の字になっていた。俺が真ん中で、レインに後ろから抱きしめられている。

阿僧祇はムニャムニャ言っているが、起きてはいない。ということは朝六時より前だ。阿僧祇は早寝早起きのいい子なのである。おじいちゃんだからではない。絶対に違う。

阿僧祇はともかく、若い俺は結構夜型だ。ちょっと早い時間に起きてしまった。

「レインくーん……」

腕枕され、片腕がしっかり腹に巻きついていたから、軽く身を揺すってみる。そしたら、ぎゅうと腕の力が強まった。

「レイン、俺ちょっとトイレに行きたいんだけど……」

寝入っていても抱き枕よろしく俺を抱きしめる癖があるレインだから、目を覚ましているかはわからなかったが、抜け出そうともぞりと動いてみたら明らかに阻止される。

これは起きているな。

「レーイーンー……」

下手に動こうとするとぎゅうぎゅう締めつけられるため、俺は内心で焦っていた。

実は股間で、息子が元気になっている。

朝勃《だ》ちというやつだ。最近は疲れて抜いていなかったツケが今来た。

レインに過去にしたことを考えると、今この勃起を悟られるわけにはいかない。

何より、俺はレインが好きなのだ。今ならまだトイレに行けば落ちつくのに、このままじゃ収まりがつかなくなる。

それなのに抜け出そうともがけばもがくほど、腕は強まり——もがいた拍子にレインの手がそこに触れてしまった。

「………………」

気まずい……と動きが止まると、ふいにうなじを吸い上げられる。

「んひっ」

「……色気がないな……」

まさかそんなことをされるとは思わず、素っ頓狂な声を上げてしまった。

しかもそのまま股間をいじられそうになり、必死に両手で庇う。

「レイン、やめて……」

「刹那。ベスが待っているから早く帰らないと、と言っていたな？」

「んぇ……？　みみ、耳噛《か》むなよぉ……」

「帰してやってもいい。ただし――」

耳を食《は》みながら超至近距離で囁かれ、俺の心臓がうるさく跳ねた。

レインは動揺する俺を仰向けにし、ベッドに磔《はりつけ》にするように、伸《の》し掛かってきた。

そして、真剣な顔で見下ろしてくる。

「刹那。あの夜のやり直しを要求する」

「あの夜って――んっ」

あの夜ってまさか俺がレインの童貞を奪ったあの夜のことじゃないよな、と目を白黒させていたら、むにゅっと唇を塞がれた。

視界いっぱいが埋まるほど近い、レインの顔。

薄く柔らかい感触には覚えがあった。

思い出すのは、体が繋がっている間に何度も与えられた、レインの体温。

「ん!?　んんん!?　んー!!」

腕を突っぱねて離そうとするのに、レインの手ががっしりと俺の頭を摑んで逃がしてくれない。

しばらく全力で抵抗してみたが、体格も異能も勝るレインと俺では力の差は明確で。

それでも流されてはいけないと頭がガンガン警鐘を鳴らすものだから、目を血走らせて抵抗した。

「……クク」

そしたら、レインが苦笑して。

「ん……っ‼」

ぬるり、と舌が入ってきた。

唇を閉じようとしても、もう遅く、奥に逃がした舌が捕まり絡め取られる。

「ふ……、は……ぁ……」

レインの舌が俺の舌を引き出し、絡め、舐《な》め上げる。その直接的な刺激に、意識が蕩けた。

潤んでいく視界の中、レインは目を閉じることなく、俺をじいっと見つめている。

「……は、ふ……やり、直しって、なんでだ、よ……。これが、若い体だから……？」

「次に同じことを言えば、あなたのものを切り取って、その尻にぶち込むからな」

「ヒッ……優しくして……」

「やられる前提の慈悲乞いをするな。まあ、本当にやるが」

「やるつもりなんじゃん……」

「馬鹿なことを言わなければいい」

唇が離れても頰や額を擦《こす》り付け合いながら、互いに視線は離さない。

会話の内容は物騒なのに、レインの目は煮込んだばかりのジャムのように、火傷しそうな熱と甘さが籠もっていた。

見つめているだけで、そして見つめられているだけで、キスしている時と同じくらい思考が蕩けていく。

「優しくされたいのなら大人しくしていろ。——もう、ベッドを血で染める気はない」

「う……」

レインが言っているのは、俺がレインに乗っかって童貞を奪った時のことだ。

一応勉強したし慣らしはしたのだが、俺も後ろは初めてで、しかもレインのものは体格に見合って立派だった。

それでもまあいけるだろうと勢いで飲み込んだら、俺の尻が切れたのだ。

さすがにセックスにベスの卵を持ち込まなくてもいいだろうと楽観視していたせいで、ベッドもシーツも大惨事になった。

そして終わったあと、俺は大惨事をそのままにして逃げ出したのである。

嫌われるつもりだったとはいえ中々にひどいことをした。

——だから、そうだ、だからだ。

レインは初体験がひどかったから、禊《みそぎ》のために同じ相手とやり直そうとしているだけだ。

そうだと思おう。いや、そうに違いない。

「刹那、俺は——」

「レイン」

何か決定的なことを紡ぎかけた顔を引き寄せ、唇を重ねる。

レインは少し驚き何か言いたげな様子だったが、俺から舌を入れれば吸い返してくれた。

「……レイン、俺本当に、終わったら帰るからな」

「……ああ、それでいい。居所は摑んだ。これからは逃げても必ず見つけ出す」

「有能だなあ……」

「ああ。だから」

レインが俺の頰を大きな手のひらで撫でる。

ひやりと冷たい指先で、形を確かめるように、触れられた。

「もう、消えないでくれ。本当に――生きていて、よかった」

「……ありがとう、優しい子」

――かつての俺は、嫌われようとしてレインを襲った。だが、その程度では駄目だったみたいだ。

俺もどこかでそうとわかっていたから、朝を待たずに逃げ出したのだと今にして思う。

レインを拾ってから別れるまで、十三年。

短くはない年月は、俺たちの間に、ちょっとやそっとでは揺らがない感情を育んでしまったみたいだ。

(それでも、どうか、お願いだ)

レインを見つめ、心の中で祈る。

口に出せば、きっとお前は怒るだろうから。

(どうか――俺のことを好きだなんて言わないで)

レインのためなら、なんでもしてやりたい。

俺はおそらく比喩でもなんでもなく、レインのためならなんでもできる。でもたった一つ、許すことができないものがある。

——俺が許せないのは、自分自身だ。

レインを好きだという感情だけは、許すわけにはいかないし、叶《かな》えるわけにもいかない。

(他のことならなんでも叶えるから、どうか——俺の願いだけは絶対に叶えないでくれ)

祈りを込めて、レインの頭を強く強く抱きしめた。

「よし！　じゃあ、ヤろう！」

「……あなたはムードというものを学べ」

「いや男同士だと、ムードだけじゃどうにもならないだろ……その、ヤるなら腹の中洗わないと」

「それなら問題ない」

「え？」

部屋にはレストルームもついていたから準備をしようとベッドを降りると、レインが腕を引いて引き止める。

手のひらに、コロンと丸い桃色の錠剤を乗せられた。

「なにこれ？」

「『悪の組織』が去年から販売している〝お腹を綺麗にする薬〟だ。一応整腸剤という区分だが、アナルセックス専用薬だな。これさえ飲めば問題ない」

「はぁー便利な時代になったなぁ……。じゃあ早速」

「効果が出るまで約六時間。昨夜眠っている間に飲ませておいたから、今が丁度良い頃合いだ」

飲もうとしたら止められて、再びベッドに押し倒される。

あまりにもシレッと言われたものだから流しかけたが、聞き捨てならないことを聞いた気がした。

「……眠る俺に？　薬を飲ませた？」

「眠るあなたに、薬を飲ませた」

「……合意とか……倫理とか……道徳は……？」

「はは」

頬杖《づえ》をついたレインが、笑いながらムニ、と俺のほっぺを摘む。

「俺を育てたのは『悪の組織』の総統だぞ？」

「……阿僧祇くんは悪い人だなあ……」

目を逸らした先で阿僧祇がスヤスヤと眠っていたので、とりあえず罪をなすりつけておいた。

レインはそんな俺をニヤニヤと見つめている。

『悪の組織』第十三代総統、阿僧祇刹那。

レインを育てた方針は——欲しいものは手段を選ばず全て手にする者になれ。

（理想通りに育ったなあ……!!）


「この体では初めてだから、優しくしてくれよ……？」

「優しくされたいなら、その口を塞いでおくべきだな」

「ん……」

「キスで塞ぐな……言っている意味がわかっていないだろう」

今から本当にレインとセックスするのだと思うと、急に怖くなってきた。

だって前回は優しくしてもらえてすごく嬉しかったが、尻が切れてかなり痛くもあったんだ。

この体では経験していないが、記憶にしっかり残っている。

そうして震えていたらなんだか「黙れ」みたいなことを言われたから、キスをした。これなら黙れるし、安心する。

どうもこの体になってから、歳上としての威厳だの矜持だのがあまり邪魔しなくなったせいか、俺は甘えたがりになってしまっているような。

恥ずかしくなってすぐに離れたけど、レインが呆れた顔で俺の頭を撫でてきて、深いキスを返してくれた。

うっとりと受け入れてしまう。レインに優しくされるたび、心が歓喜に震えた。

「ん……ふ、くすぐったい」

「痛くはないだろう？　不快感は？」

「ない……」

服の裾から手を差し入れられ、体の線を辿るように撫でられる。

ついばむようにキスをしながら服を脱がされ、俺もレインの服に手をかけたら、さり気なく助けるように動いてくれた。

裸の胸板を重ね合わせながら、キスをする。

肌と肌が触れ合うたび俺の心臓があまりに強く跳ねるものだから、飛び出てレインの中に入ってしまうんじゃないかと思った。

このままレインの一部になることができれば、どれだけ幸せだろう。

好きだ、と間違っても口に出さないように頭の中で念仏を唱えていたが、すぐに頭が蕩けてきて何も考えられなくなった。

全身にレインが口づけを落としていく。

特に胸の飾りは丁寧に舐め上げられ、指でくりくりといじられた。

「そこ、いじっても何も出ないよ……？」

「そうか？」

「うん……なあ、もう挿れて……」

「まだ早い。ほぐすからな、触るぞ？」

「ん……」

前回あれだけほぐしても痛かったんだから、やる意味あるんだろうかと思ったが、有無を言わさない口調で言われ、とりあえず頷く。

この体になってからは誰にも触れられていない後孔に、レインの白磁のような指が触れた。

それを意識した途端に、とんでもないことをさせているのではという罪悪感で血の気が引く。

「じっ、自分でやる……！」

「は？　駄目だが」

「そんなとこ触るなって、汚いから……！」

「綺麗にしたし薬の効果で中も綺麗だ、問題ない」

「嫌だ、レインの指が、そんなの駄目だ……!!」

「………はぁ」

ため息を吐《つ》いたレインが俺から離れた。

嫌だ駄目だとうるさくて嫌になったのかな、とシーツに縋《すが》りついて俯《うつむ》くと、ヒョイと体を持ち上げられる。

気がつけば、レインの腕の中にすっぽり収まり、座るレインに背後から抱きしめられる形になっていた。

尻にゴリ、と固いものが触れる。

(なんだこれ――れ、レインのか？　もうこんな固いの？　俺で勃った？)

「刹那」

「な、なに？」

「余計なことを考えられないようにしてやろうな」

「へ――ひっ!?」

背後から回ったレインの手が俺の内ももをさすり、いつの間に纏わせたのかぬるついた指が後孔を撫で回す。

俺が何か言おうとした瞬間、つぷりと人差し指が挿入され、息を吞んだ。

「ちょ、レイン、脚、離し……」

「聞こえないな」

脚を閉じようとしたのに、レインの左手と右足で俺の両脚が開脚されたままガッチリと固定されてしまう。

尻の中を蠢《うごめ》く感触に、かつての痛みを思い出し体が竦む。

だが、多少の圧迫感があるだけで痛みはない。

レインは大きな手で器用に、俺の緩く勃ち上がった分身やその下の袋をゆるゆると撫でた。

尻の中をいじられながらも、じわじわとした気持ちよさが湧き上がってくる。

「ふ、ぅ……んっ！　ゆび、増やした……？」

「ああ。よく飲み込んでいる」

「ひ、広げないで……」

しばらくしたら指が追加され、二本の指で後孔が軽く広げられる。

空気が入ってくる感覚にビクンと仰《の》け反《ぞ》ると、背後からあやすように肩を食まれた。

「ふ、ぁ、うっ……ん……っ」

シーツに溢れるほどローションが足され、三本に増えた指がぐちゅぐちゅと音を立て尻を出入りする。

圧迫感はあるが痛みはなく、それどころか、じんわりと腰が重くなる感覚があった。

指が腹の中のどこかの近くを掠《かす》めるたび、小さく声が漏れ、体が跳ねる。

そうすると褒められるように首や背中にキスされるものだから、いつの間にか俺は自分からその感覚を追うようになっていた。

「……すげぇ、痛くない……」

脚を広げられているせいで、挿入された指が見える。

レインの指は体格に見合って決して細くはないのに、三本もまとめてスムーズに出入りしているから不思議な感じだ。

「痛くないか」

「ん……」

これだけ広がったならそろそろ挿れるのかな、とレインに頭を擦り寄せる。

挿れる時もこの体勢なのだろうか。向かい合ってレインを抱きしめたい。

——などと、考えていられたのはそこまでだった。

「おっ……!? ぅ、あっ、は……ぁ!?」

突然腹からビリビリと電撃——快感が走り、口から聞くに堪えない、紛れもない嬌声《きょうせい》が溢れる。

慌てて口を閉じようとするのに、尻から喉へ押し出されるようなそれを、自分の意志で止めることができない。

「れい、んっ、そ、こ、や……あっ、ぐっ……んっ」

快感は、腹の中の一点を押しつぶされる時に生まれていた。

指が近くを掠めるだけで少し体が跳ねたあそこだ。

そこに触らないでくれと、動く上半身を必死に捻って背後のレインに縋りつき懇願する。

しかしレインは甘く優しい微笑みを浮かべたまま、手を止めることはなかった。

それどころかぐちゅぐちゅと、一層激しく俺を責め立てる。

「——ほぐれたなら、次は気持ちよくなろうな」

「あっ、あぁあ、ぅ、ぇう……んっ、あっ、ああっ……!」

始まってからどれくらいの時間が経ったのか。俺の口からは意味のない音ばかり溢れる。

疲れ知らずで動き続けるレインの手は、俺が気絶しかけると緩み、意識がはっきりしてくれば戻る。

多分まだそんなに時間は経っていないのだろうけど、元々貧弱な俺の限界はとうに過ぎていた。

一応俺の【異能】は『超持久力』のはずだが、そんなものすっかり尽きている。

「れいん、……ふっ、う、っれい、ん……！　も、いれて……ぁっ」

「駄目だ。あと二回、な？」

「もう、無理……っひっ、あ、ぁあああ……っ‼」

「一回追加だな」

無理と言った途端にレインの指が腹の中の、覚え込まされた弱点を抉《えぐ》った。

ビリビリと腰が痺れ、形のない絶頂が襲いかかる。

俺の分身は、へそにつきそうなほどそそり立ち、ビクビク跳ねながら先走りを次々に溢れさせていた。

しかし、力が入らなくなった俺を拘束する必要のなくなったレインの手が、根本を押さえ射精することができない。

ずっとそのまま責められていた。

何度懇願しても一度も出させてもらえずに、快感という地獄に沈められている。

こんな仕打ちを受けているのは、俺が「嫌だ」と言ったからだ。

尻で初めての絶頂を覚えさせられた時に、嫌だ駄目だ無理だと逃げ出そうとした。

それがレインの逆鱗《げきりん》に触れたらしい。

「い……きもち、良いからぁ……っひ、ま、たっ、イく……っ!!　あ、あぁあああ、あああ……っ!!」

体を仰け反らせ衝撃を逃がそうとする体は、レインが軽く腕を回しただけで押し止められてしまう。

そんなひどいことをされているのに、よくできたと言わんばかりに耳に口づけられ、心臓は嬉しそうに高鳴った。

尻での絶頂は三十八年の人生で経験したことがなく、受け入れてはいけない恐ろしさがある。

受け入れれば、俺が俺でなくなってしまうような。

だから逃げたいのに、レインは決して許さない。


『嫌だというたび一回イかせる』

優しいと取れる声音のまま、そんな恐ろしいことを言われた。

俺が否定的なことを言えば容赦なく加算され、もう二桁近く尻でイかされている。

『いいと言えば減らしてやる』

あまりの数を加算され、真っ青になった俺に提示されたのは、悪魔の囁き。

プライドも何もかも捨て、後ろでイくのが気持ちいいと宣言すれば、回数を減らしてやるという。

『嫌《や》ら……絶対《れったい》に……や……』

『頑なだな。この程度、ベッドでの戯れだろう?』

『し、りで、イ……く、の、かっこ、よく、ない……から、やだ……』

男として、育ての親として、こんなみっともない自分を肯定することはできなかった。

俺は、レインの前では格好いい男でいたいのだ。

こんなにアンアン喘《あえ》いでいるだけでも悶絶級だというのに、いいだなんて言えるわけがない。

『――確かに、あなたは気高く、魅力的だ』

俺がどれだけ嫌だと言っても、知らんふりしていたレインが頷いたものだから、そうだろうそうだろうと希望を抱いた。

しかしレインは一層強く微笑んで――俺の腹の中の気持ちよくなるしこりをぐりりと押し潰したのだ。

『だから、へし折っておかないとな。競争相手がこれ以上増えては困る』


(悪魔かよぉ……!!)

それから何度も何度もイかされて、抵抗心は丁寧に削《そ》ぎ落とされた。

「気持ちいい、気持ちいいからぁ……っ!!」

「……じゃあこれで終わり、だな」

「ひっ、アァアア……ッ!?」

俺はいつの間にか「いい」と口にするようになり、ペナルティの回数はずいぶん減った。

もう限界だとやけっぱちで連呼すれば、最後にとびきり大きな絶頂に導かれ、これまでが手加減された甘イキだったことを教えられる。

「はぁっ……は……ぁ、ん……ふっ……」

あまりに大きな衝撃に余韻が続き、そんな自分が恐ろしくて、背後のレインに擦り寄った。

首筋を緩く噛み、涼しい森を思わせるレインの匂いを肺いっぱいに吸い込むと、ようやく落ち着いてくる。

レインは、さっきまでの悪逆非道はどこへ行ったのか、後ろからゆるりと抱きしめて、俺が落ち着くのを待ってくれていた。

「はふ、はぁ…………ん？」

意識がハッキリしてくるにつれ、俺の腰を押し上げんばかりにそそり立つ、熱くて固いものに気づく。

思い当たるものは一つしかないんだが、さすがに大きすぎないか、と振り向くと——

「…………っ!?」

上げそうになった声を、咄嗟《とっさ》に口を塞いで飲み込んだ。今のレインに「無理だ」と一言でも漏らせばひどい目に遭うと、体に染み付けられたたまものだった。

いつの間にかフル勃起していたレインのものは、記憶にあるより一回り以上大きい。貧弱な俺の、腕ほどもあるんじゃないかと思う。

（いやいやいや、無理だろこれは。入らないだろ）

脳裏を否定的な言葉が駆け巡るが、レインを怒らせるわけにはいかない。傷つけるわけにも。

俺は、慎重に言葉を選んだ。

「……ご立派ですね……？」

「あなたのおかげでな」

「そ、そこまでは育てた覚えがない……」

「ここにきて笑わせるな。あなたに触れたからこうなったということだ」

苦笑しながら、押し倒される。

正直、フル勃起しているのに俺が落ち着くまで待ってくれたのはありがたいし、俺も勃起し続けているから辛さはよーくわかるんだが。

入る気がしない。

ちくわの穴に、にんじんは入らないんだレイン。

俺はそういうことを、お前に教えておくべきだったのかもしれない。

「刹那」

でも見つめてくるレインに今更「ハイなし！　解散！」とはあまりにも可哀想《かわいそう》で言えず、目をぎゅうとつぶってキスを受け入れながら必死に思考を巡らせる。

その時、レインが驚いたように身を起こした。

「刹那……いや、阿僧祇？」

「え？　ああ、自分から動いたのか」

広いベッドの上、俺がレインに責め立てられて叫んでいる間もスヤスヤと眠りこけていたはずの阿僧祇《三十六歳の体》が、レインにのしっと寄りかかっていた。

阿僧祇は命令がない限りは自発行動はしないとレインに伝えてある。

「たまにあるんだよ。説教された時も俺の隣で正座してただろ？　ああいう習慣とか、あとは無意識に染み付いちゃっているようなことは自然とやるみたいで――」

そこまで言って俺はピーンときた。

なぜ阿僧祇が突然動いたのか、俺にはわかったからだ。

（嫉妬したのか、俺が俺に……!!）

なにせ阿僧祇《前の体》の頃から、俺はレインが好きで好きで、レインに近づく者がいればまあまあ嫉妬もしていた。

さすがに理性が留めていたから邪魔するようなことはなかったが、今は理性のなくなった抜け殻。嫉妬が独り歩きして、阿僧祇を動かしたのだろう。

俺という若い男にレインを取られたくなかったのだ。

我ながらいじらしいな。いや、十八歳も離れた育ての親が養い子にそんな感情向けるのは気持ち悪いとわかってはいるが。

「そうだ……!!」

そして俺は、よい閃《ひらめ》きを得る。

「レイン、阿僧祇《こっち》を抱かないか!?」

「……は」

「こっちなら経験者だし、その腕……じゃなかった、お前のも入るんじゃないかな!?」

「あれを経験に含めてほしくはないが。……その、そもそもそれはあなたの体だが、いいのか？」

「俺の体だからいいんじゃん。権利者が俺だから好きにできる。——あ、でもマグロだからつまらないかな」

「……とても魅力的な提案だが」

どうにか阿僧祇を生贄にしようとする俺の手を、レインが摑む。

「な、なんだよ」

真っ直ぐに見つめられ、たじろいだ。

ひるむ俺の指先にレインがちゅ、と軽いキスを落とす。

思わず見惚れるほど、あまりにも真摯で美しい所作だった。

「俺はもう一度、あなたの初めてが欲しい。――駄目か？」

子どもの頃から数えるほどしか見せてくれなかったおねだりに、俺の心はあっさり落ちる。

「いいよ!!」

「――よかった。ありがとう、刹那」

ふわり、と美しく笑ったレインに、俺は棍棒《こんぼう》でもなんでも受け入れる覚悟を決めたのだった。


「あっ、待っ……ちょっと、待って」

「どうした？」

この方があなたが楽だからと、体がひっくり返され、背後からレインが覆いかぶさってくる。

俺は、身をよじって制止した。

でかい体の下で、えっさほいさと向きを変え、仰向けになる。

腕を伸ばし、裸の背中をぎゅうと抱きしめた。

「この体勢の方がいい」

「しかし、これではあなたの負担が」

「……い、……よ」

「ん？」

「……怖い、んだよ……。こっちの方が安心するから、だから……」

言わせせんな恥ずかしいと顔を背けたのに、すぐさまレインに引き戻される。

顎を摑み、真剣に見つめてくるレインの瞳はギラギラと力強すぎて少し怖い。

しかし、ちゅ、と優しく柔らかくキスをされ、恐怖なんて霧散した。

「優しくする」

「うん……よろしく」

膝を抱えられ、尻につるりと丸いものが押し当てられる。

(ああ……絶対痛いんだろうな……)

覚悟したとはいえ、身が竦んだ。ぎゅうと目をつぶり衝撃を待つ。

しかし衝撃はいつまで待っても来ず、代わりにキスが降ってきた。

「………?」

恐る恐る目を開ける。

ちゅ、ちゅっと軽い音を立てて頰や耳や首、胸元や肩に唇を落とすレインはとても綺麗だ。

金色の睫毛《まつげ》が光を反射して、神聖さと艶《なま》めかしさの間の色気を醸し出している。

「ん……」

口にも、と引き寄せればレインは微笑んで、唇に深いキスをしてくれた。

舌を絡め合う心地よさに、首に縋りついて夢中でねだる。

「……ッ!?」

ふいに、ずぐりと腹の中に熱いものが侵入してきた。

圧迫感に息が詰まるが、痛みはない。

というか、それどころか。

「っ、あっ⁉　ふ、ぁ……ああっ⁉」

レインのもののくびれが腹の中をこそげながら進んでいくたび、全身に鳥肌が立ち、声が勝手に押し出される。

それは紛れもなく喜色の混じった声で。

（――痛くもないし、その上気持ちいい……⁉）

現実が理解できず目を白黒させていると、レインが柔らかく笑って髪を撫でてくれる。

温かい手のひらに安心するが、レインが告げてきたのは恐ろしい宣言だった。

「痛みがなさそうでよかった――あと半分、頑張って」

「ひぇ……」


「あっ、ぅんっ、あ、ぅ、ふぁ、あっ」

全部収まったからって、もちろんそれで終わるはずもなく、でも地獄の想像に反して連れて行かれたのは天国だった。

レインと手を繋いで揺さぶられ、どちらからともなく何度もキスをする。

「利那、利那……」

「はぁっ、れい、ん、れいん……っ」

このままドロドロに溶けて混ざってしまうんじゃないかというほど、一つになる感覚。

腹がぎゅうぎゅう締めつけて、レインのものを離すまいとしていた。

ぷちゅぷちゅと腰が打ち付けられ、そのたびに体がぞくぞく震える。

「ふ……は、あそうぎ、も、ほら……」

寂しそうに、そしてどこか辛そうに俺たちを見つめている阿僧祇の手を引いて招いた。

レインも一緒に引き寄せて、三人で抱きしめ合う。

「んっ――ぅ……っあ、あぁああ……っ」

「っ……」

駆け上がってきた絶頂感に、体がぶるりと震えた。

触ってもいないのに俺のものは精液を出していて、へその上に水たまりができる。

レインも中で膨らみ、息を詰める音とともに腹の中でドクドクと射精した。

「はぁっ……はっ……、ふは、いっぱい、出たなあ……」

覆いかぶさってきたレインをよしよしすると、ぐうと眉をひそめられる。

「……子ども扱いしないでほしい」

「ふふ……」

口を塞ぐようにキスされて、笑いながら応えた。

そうやって戯れるようにキスをしていると、腹の中のレインのものが再び膨らんでくる。

「わ……ごめん、さすがにこれ以上は……」

「ん……」

レインは文句も言わず、抜いてくれた。

抜かれても俺の後孔はぽっかり開いたままで、すーすーする。元に戻るのかなこれ。

汗に濡れた髪をかき上げるレインのものは、出したばかりだというのに、すでにへそにつくほど反り返っていた。

割れた腹筋、隆起する腕。

同じ男として悔しくなるほど完璧な肉体美は、勃起していてもいやらしさより、彫像のような美しさがある。

「……あまり見るな」

「はは、なあ、それ……抜こうか？」

「いや、自分で――」

手で扱《しご》く動作をしたら目を逸らされた。

その時、偶然二人の視界に、横たわったままの阿僧祇が入る。

「…………」

「…………」

俺たちは顔を見合わせたわけだが、このあとは省略。

＊＊＊

「――っていうことがあったんだよベス」

『言いたいことはそれだけか……』

「ハイ……」

腰が立たず、更に一晩泊まった翌朝、レインに送ってもらって俺と阿僧祇はベスの待つ家へ帰った。

待っていたのは、激怒したベスで。

もちろん連絡は入れてあったのだが――ベスには怒る権利があった。

「べすーせつなーどろだんごあげうー」

「せつなこれねー、べすのーはねー」

「おちゃこぼした」

こうして話している間にも俺とベスの周囲に、わらわらと大きな子どもたちが集まる。

子どもたちは次々に、俺の髪やベスの羽を摑んだり、手を引っ張ったり、飲み物や食べ物を床にこぼしたりしている。

彼らは『正義の味方』で生み出された、約四百人の改造人間。

幼児に等しい思考能力しかなかった彼らを、外見相応まで育てるというのが、今の俺たちの仕事だ。

四百人はいくつかの大きな家に分散されており、俺たちが直接受け持つのはその中の二十人と、ついでに阿僧祇。

阿僧祇を除く全員が、体は大きいが心は小さなギャングたちだ。【異能】もあるため、一瞬たりとも目が離せない。

二人でやっても大変なその世話を、ベスは二日間一羽でやっていたわけである。

『本当に大変だったんですからねー!!』

「ごめん、本当にごめんって!!　あとでなんでも言うこと聞くから!!」

『卵を食べるだけじゃ済まないと思え……』

「その上がある……だと……!?」

ヅヅヅヅ!!　と涙目で突き刺してくるベスのクチバシも、いつもより威力がない。

すっかりやつれた不死鳥の羽は、子どもたちにいじられすぎてボロボロになっていた。

超鳥的な回復力を持つ不死鳥をここまで傷めつけるとは、子どもたち恐るべしだ……。

ベスを引っ張る子どもたちや俺の手首などに刻まれた、改造人間のバーコード。それを隠すものは、今はない。

リストバンドもバンダナも、つけていたら子どもたちが外して持っていってしまった。

追いかけはしたが、ベッドの下の宝箱入れにしまっているのを見たら取り戻せなかった。

まあ、改造人間のことが表に出ない以上、バーコードもただのおしゃれと思えばいいか。『悪の組織』の元総統としては、少々不快だが。

『しかし、レインに色々とバレてしまいましたね。まあ時間の問題だろうとは思っていましたが』

ベスは俺と話しながら、吹き抜けの階段下を覗き込んで落ちそうになった子を脚で掴み引き戻しつつ、別の子が持ち歩く刃物をクチバシで取り上げる。

俺も子どもたちに字の書き方を教えながら、色んなものが溢れた床を掃除する。休まることがない。

「うん。もう隠しきれなかったし、テトロさんと同盟組んでいたこととか、ほとんど全部話したよ」

泊まりを延長した昨夜、レインと俺と阿僧祇の三人で風呂に入り、その時に色々と話をした。

二年前、レインの元を逃げ出してから改造人間になったことや、『正義の味方』の総司令官である蛸薬師テトロさんとは俺が悪の総統になる前からベスを通じた知り合いで、総統になってからも秘密裏に連絡を取り合っていたことなど。

風呂でさらけ出された俺のバーコードを見たレインは、おそらく不愉快に思っただろう。元といえど悪の総統が今や『正義の味方』に管理される立場になっていたとは、と。

しかしそんなことレインはおくびにも出さず、今の仕事内容を聞くと、俺と阿僧祇の頭を撫でて「大変だな」と言ってくれた。

「へ!? あ、そ、そう!?」

『……刹那、顔がにやけてますよ』

『全く……結局元サヤじゃないですか。というか年齢差がなくなった分、前よりも浮かれていませんか?』

「も、元サヤじゃないし……!! それに、確かに若い体はいいなあと思うけど、やっぱり俺の方がレインより歳下なのは落ち着かないかなあ。そうだ、テトロさんからもらったデブリ使えば、二年分年取って俺の方がレインより一歳上になるんじゃないか?」

『………ッ!?』

「え……嘘ごめん、そこまで気に入っていたとは……取り上げたりしないって……ごめんベス……」

愕然とした顔で、どこにしまっているのかデブリを庇うように身を丸めたベスを、構おうとする子どもたちから守りつつ慌てて撫でる。

千年以上生きているらしいベスが凹《へこ》むと長いのだ。時間の感覚が違いすぎて、数ヶ月は普通に引きずる。

「そうだ、明日遊びにいこうベス? 子どもたちはシッターに預けてさ、もう手配も済んでるんだよ。

ベスも休みが欲しいだろ？」

『……どこへ行くんですか』

「た……タスマニア支部……」

『それ絶対レイン絡みじゃないですか!!』

「確かにレインも同行するけど、メインは719号だよホラ、今『悪の組織』で世話されてる俺の隣に住んでた改造人間！」

『ああ……』

改造人間たちに教育をし、普通の人間として育つようにするという今の俺の仕事をレインに話した時、719号のことも聞いた。

『悪の組織』本部を襲撃し、俺の手によって停止コードを入力されて行動停止したお隣さん。

俺のパンツをよく捨てるうっかりさんだったが、決して悪い子ではない。

もし生きているならあの子も、いつか社会に出られるようにしてやりたいと話せば、やはり719号は『悪の組織』内で生かされていると教えてくれた。

「頼んだら秘密裏に引き渡してくれることになったんだけど、問題は停止コードでさあ。あれを解除できるのは『正義の味方』の施設だけだけど、今回のやり取りは俺とレインの間だけのことで、どちらの組織にも秘密だろ？　『正義の味方』に解除させるわけにはいかなくて」

『悪の組織』がなんの見返りもなく改造人間を引き渡すはずがないし、『正義の味方』も消耗品にわざわざ身代金を出したりしない。

だから719号の返還は、俺とレインの間で完全に秘密裏で行われることになった。

しかし停止コードを入力された719号は、今の阿僧祇のようなもので、自我がない。他の改造人間のように育てるには、コードを解除しなければ。

『なるほど、それでタスマニア支部ですか』

「うん、支部長《あいつ》なら解除できるだろ。でも、ベスにとっては久々の休日だもんな、行きたくなかったらいい――」

『行きますが!? 休日は家でダラダラする派なので私!! 今更そんなことを言うなんて、我が巣の自覚が薄れたと見える……』

「失言だった、ごめん! だからお願い、休日モードにならないで!」

怒りに満ちた顔のベスがバッサバッサと飛んできて頭の上に乗った。

「頼むよベス、俺一人じゃ無理だって……」

『我が巣なら余裕でしょう』

「無茶言うな……あっどうした!? 【異能】暴発したのか、怪我ないか!?」

のすんと座り込んでくつろぎモードに入ったベスを乗せたまま、次から次に発生する子どもたちのトラブルを必死で解決する。

しかし、頭が重いわトラブルの数が多いわで、上手く回らない。

自我が芽生えつつある小さなギャングたちは、危険なことでも平気でやるし、【異能】もしょっちゅう暴発する。

改造人間たちはランクBまでの【異能】しか持っていないから、かろうじてやっていけるが、それでも毎日緊張の連続だ。

いつも半分以上を請け負ってくれているベスの偉大さがよくわかる。

「ベス～頼むよ手伝って……」

『今夜一緒に寝ます？』

「ええ……お前腹に乗るじゃん。この季節だと重いし熱いんだよなあ」

『………』

難色を示すと、無言のベスに髪をちくちくと引っ張られた。

「あっこら髪で巣作りするな！　……この感覚、卵まで産んだな!?」

『産みましたよ!?』

「開き直るじゃん……。よし、皆ーちょっと集まってー」

頭に乗った鳥と卵を落とさないように気をつけながら、大きな子どもたちを集める。

「はーい」

「べす、こっちきてー」

「ベスは今お休みモードなんだ……。ところで、ちょっと聞いてほしい。明日俺たちは出かけるから、違う人が世話しにくるけど、俺たちも夜には帰ってくるからね」

そう告げた後すぐに、俺がベスの耳を、ベスが俺の耳を塞ぐ。

一瞬の後、すさまじい泣き声が家中を埋め尽くした。この子たちを泣き止ませ、寝かしつければ今日の仕事は終わりだ。

体が大人なせいか夜泣きはほとんどなく助かっているが、さすがに易々《やすやす》と寝てはくれなかった。

結局ベスも手伝ってくれ、子守唄を歌ったりトントンと軽く叩いて寝かしつけながら、ベスと明日のことを話す。

「タスマニア支部ならベスの知らない新しいものいっぱいあるだろうし、楽しみだな」

『まあ……。でも、あの変態支部長は刹那の教育に悪いと思います』

「教育って。ベス、俺もう心は三十八歳だからな……？」

『三十八歳……かよわい……幼いいのち……』

「しまったベス千歳越えだった。ベス、落ち着けベス。ああ、寝かしつけたばっかだから叫べない……！」

『卵……卵いっぱい食べなさい!!　アー産まれる！　たんと産む!!』

「しー、ベス、静かに……!!」

＊＊＊

「……ずいぶんやつれているな」

「……ちょっと寝付けなかっただけ……」

『すみません刹那……』

「誰も悪くないよベス……」

翌朝、家の近くまで迎えにきてくれたレインの車に、ベスとともに乗った。

阿僧祇も連れていこうと思ったが、子どもたちの抱き枕になっていたので、今日はお留守番だ。

昨夜、結局俺たちのバタバタのおかげで子どもたちを起こしてしまい、寝かしつけに夜通しかかってしまった。

あれだけ夜中に騒げば、子どもたちも今日は昼まで目覚めないだろう。シッターの負担が減ってよかったと思おう。

「車の中で、少し寝るといい」

「ありがとレイン……」

高級車の向かい合わせに二シートある後部座席には、すでに719号が寝かされていた。

自我がないから枕にしても文句は言われないだろうが、レインに促されるまま、反対のシートで現役総統の膝を借りる。ベスも俺の腹の上で丸まった。

レインが優しく撫でてくれる指が心地よく、すぐに意識が遠ざかりそうだったが、そういえば一つ伝えておかなければいけないことがあったのを思い出した。

「レイン」

「うん？」

「タスマニア支部長に会っても――両断しないでな」

レインは幼い頃、タスマニア支部長と会ったことがある。

しかし相性は最悪だった。いや、タスマニア支部長と相性がいい人間の方が貴重なんだが。

あの時は、容赦なく両断しようとするレインを必死に止めた思い出がある。

あいつは変態だが有能で、失うには惜しい人材なのだ。

「――善処しよう」

遠ざかる意識の中、苦笑するレインの声が耳に届いた。

＊＊＊

ついたのは、都心にある複合商業施設の地下一階。

ハイランクな店が立ち並ぶ中、なぜか潰れないレビュー低評価の中華料理店に入る。

他の店舗と違い行列なんて全くないし、店内は綺麗だが、閑散としていた。

客はカップルが一組だけ。評判を知らず入ってしまったのか、顔をしかめながら、ギトギトで塩辛すぎるチャーハンを食べていた。

街では目立ってしまうベスは、俺の背負うリュックに入ってもらっている。

黙っていても圧倒的なオーラを醸し出してしまうレインにも一応、変装として帽子とサングラスを身につけてもらった。

だが、只者《ただもの》でない感じが増しただけだった。実際、店内に入った途端、カップルの視線がレインに釘付《くぎづ》けになっていた。

目立つ前にと、俺は719号の手を引いて、レジに立つ店員の元へ向かう。

「いらっしゃいませ」

「すみません、前に来た時忘れ物をしたんですが」

「そうですか、こちらへどうぞ」

レジの後ろの暖簾《のれん》奥へ案内される。

簡素なスチール机とイス、部屋の奥に扉が一つあるだけの小部屋に通された。少し待つと『忘れ物』と書かれた箱を店員が持ってくる。

「どのような料理を注文された時に、お忘れになられましたか？」

「〝ベジタブル満漢全席〟」

「では、こちらですね」

俺が答えると、忘れ物の箱の中から、十三と書かれた鍵を渡される。

それを持って部屋の奥の扉へ向かい、ドアノブを握る。ピーとエラー音が鳴ってしまった。

「しまった、生体認証は改造人間《今の俺》じゃ駄目だ。レイン、頼む」

「俺でいいのか？」

「うん。あいつなら絶対、レインのことも登録してるはずだからさ」

レインがドアノブを握るとエラー音は鳴らず、すんなりと扉が開く。

扉の先には、ジェットコースターの車両が一台、静かに佇んでいた。足元に敷かれたレールは、真っ暗でどこまでも続く下り坂へと続いている。

「ここから、ちょっと揺れるからな」

三列ある座席の真ん中に719号を座らせ、ベルトを締めて安全バーを下げた。

小さなコースターは複数人が並んで乗ると窮屈すぎるため、レインは後方、俺とベスは前方の座席に分かれて座る。

「んじゃ、発進」

十三と書かれた鍵を最前部にある鍵穴に差し込み、回した。

途端に陽気な音楽が流れ、カウントダウンが始まる。

『発車マデ、五、四、三……』

「うおっもう動いた」

ガタン、と車体が揺れ、進み始める。といってもすぐに急な下り坂だったため『二、一、発車』というアナウンスが、みるみるうちに遠ざかっていった。

「ひいいいいいいい」

普通のジェットコースターと遜色《そんしょく》ない速さに情けない悲鳴を上げるのは俺だけで、他の三人は静かだ。孤独。

「うあああああああ」

真っ暗闇の中をコースターはどんどん進み、ぐいんぐいんカーブしたり回転したり上ったり下ったり、途中で写真を撮るフラッシュが見えたりした。

「ギャアアアアアアアア!!」

最後の最後に、でかい上り坂とでかい下り坂があって、やっと車両が止まる。

叫びすぎて息切れした俺の視界が、パッとついた色とりどりの明かりによって、一気に開けた。

ジャーン♪　ジャーン♪　とドラの音と音楽が鳴り響き、露出の多い踊り子のような格好をした男女が、左右に何十人も躍り出てくる。

クルクル回るカラフルなライトの下、床からせり上がってきた舞台の上に、ポーズを取った一人の人物がいた。

「やあ利那っち！　ベスちー、レインくん、知らない子！　みんなよく来たね!!　歓迎しよう、ボクこそが――」

メガネをかけてボサボサの髪、性別不明のその人は、白衣をたなびかせ、くるりと回って両手を顔の横に持っていき、小顔効果を意識したピースをする。

「タスマニアのアイドル、モリノミヤさんだよ!!」

「レイン、抑えて抑えて!!」

バチーンとウインクしようとして両目をつぶったモリノミヤを、両断しようとするレインを俺は必死に止めるのだった。


タスマニア支部長、モリノミヤ。

フルネームは不明で性別も不明、年齢はおそらく十代であった頃から「永遠の三十歳」と言い張る謎多き人物である。

なんで十代の頃を知っているかというと、モリノミヤは俺の幼馴染《おさななじみ》だからだ。

幼少期、どこからかフラリとやってきて「友達になろうよ」と言ってきて以来、互いに消えたり戻ってきたりと腐れ縁が続いていたが、タスマニア支部長になってからは、ずっとここに落ち着いている。

「ずいぶんアンチエイジングしたね刹那っち～。まるで別人みたいだよ」

「お前ならわかっているだろうが、体は別人だからな」

「今お茶淹れるね」

「マイペース……」

金箔《きんぱく》が貼られたキンキラキンの応接室で、自ら抹茶をたてたモリノミヤは、七味を大量に振り入れ、パクチーをトッピングしたあと、いちごアイスをフチに添えて差し出した。

「粗茶ですが……」

「自分で飲め」

「ハーイ」

突き返せば嬉しそうに、いちごアイスとパクチーを頬張り茶を啜る。

その間に俺は、モリノミヤ以外の分の茶をたてた。

「それで、今日ここに来た理由なんだが」

「もちろんわかってるよ。その子だよね、719号くん」

「さすがだな」

おかわりの抹茶に魚醬《ぎょしょう》とみかんゼリーを投入しながらモリノミヤは、ソファに身を沈めるように座る719号を視線で舐め回す。

「うん、これくらいならボクの【異能】でかる〜く解除できるよ。ちちんぷいぷい！」

身を乗り出して719号の目を覗き込み、指を回すモリノミヤ。

しかし、719号に変化はない。

「……モリノミヤ、言葉が違う」

「あっそうだったそうだった」

指摘すればポンと手を打つモリノミヤ。この調子なら、本当に忘れていたのだろう。

モリノミヤの【異能】の発動条件は少し特殊で、特定の言葉を口にする必要があった。

しかし、常に新しい知識を吸収し続けるモリノミヤにとっては優先順位が低いのか、その言葉を忘れることがある。

「ええと確か……あっそうだそうだ。〝ちんちんぷいぷい〟！」

「相変わらず最低だ……」

『教育に悪い……』

レインが聞かなかったフリをし、俺とベスが頭を抱える横で、719号がみじろぐ。

「ん……」

その目にみるみる光が戻るのを見て、これだからモリノミヤは、と俺は更に頭を抱えるのだった。

――自他共に認める変態でありながら、超有能な人物、モリノミヤ。

技術者としても一流だが、それ以上に有名な要素がある。

モリノミヤは、世界で一人しか確認されていない、精神系の【異能】を持っているのだ。

『十徳催眠《じっとく》』ランクS――目を合わせた相手の精神に催眠をかける能力。

今はその力によって719号のロックを外したというわけだ。

精神系の【異能】は、六百年ほど前に絶滅したと言われている。

だから世にも貴重な【異能】を持つ者として、モリノミヤは世界的に有名ではあるのだが――この言動から放送事故が多発し、今や取り上げるメディアはない。

多くの人はモリノミヤを、『天に二物を与えられたが品性を奪われた者』と評すのだった。

「さてと。じゃあ次は、その目障りなバーコード消しちゃおっか」

モリノミヤは、ビシリと俺の額を指して言う。

今日はキャップで隠しているが、今の俺の体が改造人間であることは、とっくに調査済みのようだ。

「これ、消せるのか？」

「そりゃもう、ボクを何ノミヤだと思ってるのさ。スタッフに頼まれて作ったお顔のしみ抜きマッシーンをちょっといじれば、その程度の刻印なんてちんちんぷいぷいさ」

「その呪文やめろ」

「いくら刹那っちが変態といっても、さすがに我らが元総統閣下のくせに『正義の味方』の印なんてつけてるのは上級者すぎるよぉ……」

「……あなた、ヘンタイ、なの？」

「モリノミヤにだけは変態と言われたくないし、719号は……久々に喋ったのがそれでいいのか719号……」

意識がハッキリしてきたらしい719号が、俺を見てこてんと首を傾《かし》げる。無邪気な視線が痛い。

――モリノミヤは昔からなぜか、俺のことを変態呼ばわりしてくる。

もちろん、俺としては非常に遺憾だ。

最初は誰にでも言っている冗談なのかと思っていたが、どうやら俺相手だけらしい。

嫌すぎる特別扱いである。

「マッシーンは向こうの部屋にあるから、刹那っちはボクとおいで。他の人は施設内の見学でもしてくるといい。レインくんは子どもの頃以来だし、ベスちーも来るの久々でしょ？　新しいもの沢山できたよ！　例えば、AVの登場人物の性別を逆にするソフトで――」

「モリノミヤ、719号の中身は三歳程度だ」

俺が遮るとモリノミヤは、笑顔のまま固まった。

モリノミヤは、相手が子どもであっても構わず、ベラベラと規制ものの発言をする。

しかし俺がレインを拾って以来、幼かったレインに変態発言をしようとするたび、喧嘩《けんか》っ早《ぱや》かった若い頃の俺がボコボコにしたせいで、俺の前では控えるようになった。

「…………………AVっていうのはアニマルビデオだよ。数万匹に一匹しか生まれないという三毛猫のオスを画面いっぱいに溢れさせて、ニャンニャン男祭りができるのさ」

「にゃんにゃん」

流石《さすが》に言い訳が苦しくないかモリノミヤ、と思ったが719号は素直に猫に興味を持ったようだ。

にゃんにゃんと言いながら立ち上がり、応接室の出入り口へトコトコ歩き出す。

「悪い、719号にベスとレインもついてってやってくれないか？」

『わかりました』

「………」

「な、なんだよレイン。ほら、ベスの言葉は俺にしかわからないし、719号が心配だからさ……」

「引率するのは構わない。しかし」

俺のことをじいっと睨むように見ていたレインが、手を伸ばし、わしゃわしゃと頭を撫でてきた。

「――あまり隠し事をするな、刹那」

「なんのことだよ」

俺の言葉にレインは何も答えず、フ、と笑って部屋を出ていく。

扉が閉まったあと、音もなく背後に忍び寄っていたモリノミヤに、両頬をぷにぷにと連打された。

「アハハハハッ！　刹那っち、即答はダメでしょ～!!　嘘つくのそんなに下手だったっけ？」

「やってしまった……」

モリノミヤを振り払う気力もないほど落ち込む。

「いやーでもあの様子じゃあ、もうレインくんは気づいてるんじゃない？　あいつらの存在にさ」

「……そんなわけないだろ」

「どうかなあどうかなあ？　ボクはねえ、レインくんならありえると思うけどねえ」

クルクルと回りながら、モリノミヤは歌うように笑う。

「いっそ話してしまえばいいんじゃない？　あの子ならきっと――」

「モリノミヤ」

「ん？」

「黙れ」

吐き捨てるように言えば、モリノミヤはピタリと動きを止めた。

「はぁい」

「……悪い、きつい言い方をした」

「いいよう。じゃあ、バーコード消しにいこっか！」

昂《たかぶ》りかけた精神を、深呼吸で落ち着かせる。

モリノミヤはそんな俺の手を取り、ともに応接室を出た。

外のオフィスでは、踊り子の衣装を着たままの研究員たちが、真剣な表情でコンピューターに向かっている。とてもシュールな光景だった。

「しかし、刹那っちも難儀だねえ。ボクのことを好きになればよかったのにね！」

歩きながら、世間話のようにモリノミヤは言う。

研究員たちの姿にはかろうじて耐えたが、その軽口にはさすがに笑いがこぼれた。

「絶対に御免だ」


バーコードを綺麗さっぱり痛みもなく消してもらい、施設見学も終えた俺たちは、レインの車で帰路についていた。

レインと並んで座る俺の膝ではベスが、向かいのシートでは719号が、すぅすぅと寝息を立てている。

ベスがこんなに睡眠を取るのは珍しい。子どもたちの世話でかなり疲れていたのだろう。

労《いたわ》りを込めて羽毛を撫でると、もっと撫でろと言わんばかりに膨らんできた。

目をつぶって休んでいるだけだったようだ。

「タスマニア支部、久々に行ったけどやっぱりおもしろかったな。レインも楽しめたか？」

「ああ、興味深い発明が多かった」

「あいつら本業は情報収集のはずなのに、趣味の発明まですごいもんな……逆ＶＲシステムとか、何が起こっているのか全然わからなかったよ俺」

流れていく外の景色を見ながら、ぽつりぽつりと雑談を続ける。

――しかし家が近づくにつれ、俺の中に焦りが生まれた。

「あ、あのさ、レイン」

「うん？」

「俺さ、確かにずっと、お前に隠していることがある。でも——」

レインは『悪の組織』のトップだ。『正義の味方』の下っ端の俺が、そう何度も気軽に会うことは難しい。

だから、別れる前にこれだけは伝えておきたかった。

二年前から——いやもしかしたらもっと前から、俺はずっとレインに不誠実なことをしている。

誠実になることは今更無理だが、それでもいい。

たとえ信じてもらえなくてもいい。

これは、俺のエゴだ。

再び離れる前に——素直な気持ちを伝えておきたかった。

「俺はいつだって、レインのことを一番大切に思っているよ。どんな時でも、それだけは変わらない」

レインは夕陽の中で、わずかに目をみはった。

端整な口元を緩め、俺の頬に手を添える。

「俺も、あなたが一番大切だ、刹那」

レインの手のひらが、形を確かめるように撫でてくる。

しばらく見つめ合っているうちに、俺がキスしてほしいと思ったからか、それともキスしたいと思ってくれたのか、軽く上を向かされる。一瞬躊躇したが、結局は目を閉じた。

すぐに唇に柔らかいものが触れてくる。夢中で、重ね合わせる。

時折離れる唇。その吐息の中で、囁かれた。

「……あなたの抱えているものを俺も一緒に、抱えることはできないか？」

あまりにも魅力的な提案に、思わず頷きそうになる。

でも、理性が最後の一線の前で踏み止《とど》めさせた。

「ごめん……」

震える目元を隠すように、俯く。

レインに合わせる顔がないと、そう思うのに。

力強い腕に引き寄せられ、ぎゅうと抱きしめられ、顔を覗き込まれた。

「刹那」

レイン。聡明なこの子のことだ。俺が一番言ってほしくて、でも絶対に言われたくない言葉なんて、とっくに気づいている。

だから俺のために、今まで告げないでいてくれたのだろう。

ただきっと、俺があまりにも頑固で、それなのに、弱々しかったから。

夕陽の中で、消え入ろうとする俺を引き戻すように、その言葉を口にした。

「――あなたが、好きだ」

＊＊＊

『はぁ～～～～………』

皿洗いする俺の後ろで、寝かしつけから戻ってきたベスが長いため息を吐いた。

『浮かれてますね刹那………』

「そっ、そうかな⁉」

『声が裏返っていますよ……』

ベスはシンクに座り、クチバシで器用に布巾を挟んで、洗いカゴにある食器を拭いてくれる。

そうしながら半眼でじとりと見つめられるが、俺はにやける口元を抑えることができなかった。

「や、だって、ほら、好きって……」

『言われてましたね』

「うん……言われたぁ……」

思い出すだけで顔に血が集まるのがわかる。

『そんなあなた、出会ってから初めて見ましたよ』

「変か……？」

『変ではありませんが、熱されたクリームのように今にも溶けそうです』

「うぅ……そんなにか……」

食器を全て洗い終わり手を拭くと、ベスを抱きしめて床をゴロゴロ転げ回った。

普段こうするのは主に発狂したベスを落ち着かせる時だが、今は俺が熱狂していてベスは虚無の顔だ。

ベスがされるがままなのをいいことに、俺は延々と転がり続けた。

ゴロゴロ、ゴロゴロ。

ひたすら転げ回って、ふいにピタリと止まる。

うつ伏せでベスの体に顔を埋め、くぐもった声でつぶやいた。

「レインに好きって言われた……。はぁあああ」

言葉にすると、狂おしい歓喜が止めどなく湧き上がってきて、再びベスを抱えて床を転げ回る。

ゴロゴロゴロゴロ……。

『初恋だから許しますけど、これは中々……』

「うぅ……ごめん……」

『いいですよ。刹那がここまで感情を表に出すのは久しぶりです』

「うん……今、ベスが初めて名前呼んでくれた時と同じくらい嬉しい」

『は⁉　いつのことです⁉　あなた、そこまで喜んでたんですか⁉』

「はぁ……レインに好きって言われた……」

『駄目だ、聞いてない……』

ベスの言う通り、レインは俺にとって初恋だ。

出会ってから、厳しく育てた養い子。

好きだと気づいたのは、レインが十六か十七歳の頃だった。

もちろん俺は育ての親だし、年齢差だってある。

——何より、人を好きになる資格なんてない。

だから墓場まで持っていくつもりだった。

それなのに、レインが俺を好きだと、言ってくれるなんて。

『でもあなた、レインのこと突き飛ばしましたよね』

「うっ……‼」

……そう。俺は完全にやらかした。

レインに告白されたあと、しばらく硬直し――自分の目元に涙がじわりと滲むのを感じた時、我に返り慌てて突き飛ばしてしまったのだ。

少し驚いたようなレインの顔を思い出す。許すと言ってくれたが、傷ついただろうな。

告白なんてどれくらい勇気のいることか。

それを、俺は拒絶してしまった。

「やってしまった……」

『今度は落ち込みますか……感情が忙しいですね』

「レインに嫌われたらどうしよ……」

『二年前のあれで嫌わなかったのなら、今更何しても嫌わないのでは？』

「二年前……あの時も俺、なんてことしちゃったんだろ……」

二年前とは言わずもがな、俺がレインに嫌われようと、乗っかって童貞を奪った事件である。

『やぶ蛇《へび》でしたか……』

「そもそも俺、レインのことすごく厳しく育てたのに……なんで好きになってくれたのかな……」

レインは魅力の塊だから俺が好きになるのは自然だ。しかし、レインが俺を好きになってくれたのは不思議だ。

『恋愛は知りませんけど、あなたは彼が子どもだった頃から、冷たくされようが嫌われようがめげずに接して、危険から身をていして庇ったり守ったりしてきたんだから、懐きはするでしょう……あっ聞いていませんね』

「うぅ……色々かっこ悪いところも見せたしさあ……」

二年前の事件を思い出すと、あれもこれもと、芋づる式に過去のやらかした記憶が出てくる。

思い出せば出すほど、なぜレインが俺のことを好きになってくれたかがわからなくなっていった。

「……それなのに、レインは好きって言ってくれたんだよな、こんな俺を……」

『あっ持ち直した』

「でも拒絶して突き飛ばしちゃったんだよな……」

『また凹んだ……』

落ち込んだり持ち直したりを繰り返す俺を温めるように、ベスが腹の上にノスンと座った。

羽を広げ、柔らかな羽先で優しく顔をくすぐられる。

『――ねえ、刹那。私は、レインならあなたの全てを知ったって受け入れると思いますよ』

「…………」

『あの子になら話してもいいんじゃないですか？　その方が、あなただって……』

「ベスまでモリノミヤみたいなこと言う……」

『あれと一緒にするな!!』

「…………」

唇を引き結んだ俺に、ベスはため息を吐いた。

『決心は固い、ですか』

「うん……」

腹の上のベスを引き寄せて、柔らかい腹にもふりと顔を埋める。

「今更無理だよ。俺もうアラフォーだぜ……」

俺は今まで、人生の大半を隠す労力に使ってきた。

凝り固まってしまった頭では、今更考えを変えることなんてできない。

『私から見たら卵未満ですけどね。でも、人としては折り返しか……。まあ、私はあなたが行くところならどこへだってお供しますよ』

「うん」

それは、出会った時からの約束だ。

ベスは俺の人生の最後まで、一緒にいてくれる。

代わりに俺は、自分が死ぬ前にベスを殺す。

俺たちは、そんな絆で繋がっていた。

——長い永い生を終わらせるために、ベスは俺とともに在《あ》る。

生に倦《う》むベスは、もはや拘りも意見もなく、俺の判断を全肯定してくれた。

『でも』

——でも、ほんの時折こうやって俺のために、自分の心を口に出してくれる。

『あなたをそこまで不安定にさせるレインが、私は恐ろしい。あなたを孤独から救ったのがレインなら、あなたを壊すのもきっと、レインだから』

「…………」

『刹那。……寝てしまいましたか。仕方ない人』

ベスを抱きしめていると気分が落ち着いて、いつの間にか眠りに落ちていた。

夢うつつの中で聞こえたベスの想像は、数日後に見事的中することになる。

――最悪の形で。

＊＊＊

わかっていたはずだった。

それなのに、油断してしていた。

浮かれすぎていた。

俺は人を好きになっちゃいけない。好きになってもらってもいけない。

深く関わっていいのは、元から俺を全肯定してくれるベスと、精神系【異能】持ちのモリノミヤ、そして敵である蛸薬師テトロさんだけ。

――俺は、大事に思う相手であればあるほど、その人から離れなければいけない。

だから好かれないためにレインに厳しく接し、嫌われるために襲った。

大事な家族であり、人生で初めて恋をした相手。

やっとの思いで離れたのに、再会して、好きだと言ってもらえて。

浮かれていた。

浮かれすぎていた。

だからこんなことになってしまった。

「はぁっ、はぁっ……!!」

俺は無我夢中で走っていた。

月のない真っ暗な空の下、獣の声がする山の中を、ひたすらに山頂へ向かい駆ける。

ここがどこかはわからない。借りたバイクで、都心から何時間も走った。

ただただ人のいないところを探して、ようやく民家の明かりすらない山に辿り着く。

バイクを乗り捨て、道路から少しでも離れようと山を登っていた。

「い……っつ……」

疲労で上がらなくなった足が、木の根に取られ、頭から転ぶ。

土に顔が埋まりながらも、少しでも進もうともがく。だが疲労が蓄積されていたようで、手足がちっとも動かない。

体を丸め、目をつぶる。

人の気配がないことに少しだけ安堵し、どうかここに誰も来ませんようにと、心から願った。

＊＊＊

——時は少し遡る。

レインに告白され浮かれポンチの俺は、ふとした時に気が緩んでしまうようになった。

食器を割りバケツを倒し、仕事に差し支えるため、とうとう自主的に家を出た。

生活必需品の買い物メモを握りしめ、電車に乗って都心へ向かう。

少しでも安い店を探すべくウロウロしていた時に、それを見た。

（お。あそこにいるの、レインだ）

公園の傍を歩いていたら、中の広場にＳＰらしき人に囲まれたレインがいたんだ。

カメラもあるから、テレビの取材だろうか。

『悪の組織』は、悪と銘打ってはいるが様々な分野や技術で社会貢献もしているため、取材を受けることがよくあるのだ。

（……ん、あっちは誰だ？）

レインから少し離れたカメラに映らない場所に、長い黒髪の人物が立っていた。

遠目では男か女かもよくわからないが、やけに熱心にレインを見つめている。

危ない人かとよく見ていれば、レインもその人に気づいていたようで、そちらに顔を向けた。

そして、俺は自分の目を疑う光景を見る。

（え――）

カメラを止めさせたレインが、その人の元へ向かう。

そして――自然な仕草で肩を引き寄せた。

犬などの動物にはよくするが、人にはあまりやらないレインの癖。

まして、今の俺のような小柄な体ならともかく、抱き寄せられたのは、そこそこ背が高く成人していそうな体格だった。

（……誰だ、それ）

ぶわりと、湧き上がったのは黒い感情。

（まずい、忘れないと――）

咄嗟に目を逸らそうとした寸前に、俺は見てしまった。

引き寄せた人物を、レインが優しい表情を浮かべ撫でているのを。

――俺の知る限り、その仕草をするのは俺相手だけだったのに。

視界が紅《あか》くなるほどの強い感情に、頭が揺れる。

(ああ――まずい)

俺の思考は妙に冷静に、あるがままを受け入れた。

(これは、嫉妬だ)

――その瞬間、周囲で地獄絵図が始まる。

「おい、どうし――っ痛……」

俺の前を歩いていた夫婦のうち女性が倒れ、男性が慌てて抱き起こそうとするが、頭を押さえて隣に倒れた。

横の道路を走っていた車も軒並み突然止まり、事故などは起きないまま、車内の人々が倒れていく。

道路の向かいを歩く中学生も倒れ――そして、異常をきたした全員が、すぐに起き上がり始めた。

起き上がった人々は、次々に俺を見る。

慈愛に満ちた、無償の愛を感じる微笑みを、その場にいた全員が俺に向けていた。

直前まで愛し合っていた人すら、どうでもいいように無視して、俺だけに愛が与えられている。

「……う……」

その光景に、俺の中に根深く刻まれたトラウマが蘇る。

『刹那、愛している』

『愛しているよ、刹那。お前だけだ』

記憶の中と同じ言葉を、目の前の人々が口を揃えて囁いた。

「「愛している」」

「ヒ……ッ」

止まった中の一人からバイクを無断で借りて、俺はその場から逃げ出した。

被害が広がる前に、人のいない場所を探して。

＊＊＊

——俺、阿僧祇刹那は、海が見える片田舎の、ありふれた夫婦の元に生まれ育った。

小学生の俺と、優しい両親と、生まれたばかりの弟が一人。

裕福ではないが貧しくもない、平凡で幸せな家族。

両親の【異能】が何だったのかは、よく覚えていない。

生活の中で使っているのを見たことはないが、丈夫な人たちだったから、そこそこ強い【異能】を持っていたのだろう。

彼らは今も、海が見える街で暮らしているはずだ。

生まれたばかりの弟とは【異能】が判明する前に別れてしまったけど、健康に育ち成人したと聞く。

——彼らはもう、俺のことを覚えていない。

俺は自分の手で、家族から〝阿僧祇刹那〟を消したのだ。

俺の【異能】は中々判明しなかった。

七二％程度の人が、だいたい五歳くらいまでには、何の【異能】を使えるか、わかるようになるとされる。

しかし俺はそれとわかる兆候がなく、検査で身体能力が高くなかったことから、【異能】が発現しても低ランクであろうと言われていた。

【異能】が強い者こそ優秀という価値観が蔓延《はびこ》る中で、発現しても強くはないという烙印《らくいん》を押された俺に対し、両親は変わらず優しかったように思う。

だから俺も【異能】がわからないことを気にせず、入学した小学校でからかわれても、気軽に言い返したりしながら過ごした。

なにせまだ小学生だ。【異能】を使う必要があるわけでもなく、楽観的だった。

【異能】は世界中の人間が持っているから、焦らずともそのうち発現するだろうと思っていた。

強い【異能】を持つ人は学内ヒエラルキーの頂点にいたが、そんなのは　握りだ。他の奴らと自分に、大きな差があるなんて思えなかった。

……小学校ではそんな風に考えていられたが、家では違った。

俺が小学校に入学する直前、弟が生まれたせいだった。

――いや、妹だったかもしれない。何十年も前のことだからよく思い出せない。

仮に弟とする。

弟が生まれて、俺の〝家〟という世界は大きく変貌した。

当時の俺の世界といえば、家と近所と学校がほとんどを占めている。

その中でも特に比重が大きかったのが、家だ。

絶対的に安全で、厳しい時もあるが優しい両親。

好きなものだけが置いてある自分の部屋。温かいご飯。もっと小さかった頃壁に書いたというらくがき。

六年ほどの人生の、ほとんどの時間を過ごした大切な場所。

そこに突然『弟』という知らない存在が入ってきた。

俺も「あなたはお兄ちゃんになるんだよ」とか言われていたから、生まれるまではそれなりにワクワクもしていたと思う。

しかし『弟』が家に来た途端、俺だけに優しかった両親は、いつも弟ばかり構うようになった。

今にして思えば当たり前だ、乳児なんだから。

世話をされなくては生きていけない。自分だって、そんな風に育てられた。

でも、当時の俺はそれが全くおもしろくなかった。

普通の人間なら、こういう時どうしたのだろう。

拗《す》ねたり、暴れたり、わがままを言ったりしたのだろうか。

俺の場合は。

その時、初めて【異能】が発現——暴走した。

「おかあさん、おとうさん？」

小学校から帰った俺が見たのは、いつものように弟の世話をする両親。

そして、二人が同時に倒れる姿。

どうしたのかと揺さぶれば、両親はすぐに起き上がった。

「刹那、愛している」

「愛しているよ、刹那。お前だけだ」

二人は、いつもより優しい顔で俺を抱きしめる。

それから頭を撫でてくれて、俺が見せた小テストをすごいと褒めてくれて、おやつにケーキを焼いてくれた。

「……ねえ、赤ちゃん、泣いてるよ」

ケーキが焼けるまでの間に弟が起きて、ぐずりだした。

普段ならすぐに飛んでいって抱き上げる両親が全く反応を示さず、俺はそこでようやく両親の様子がおかしいことに気がつく。

「いいんだよ、あの子は」

「え……でも、泣いてる……あんなに大きな声で」

弟が喉が破れるんじゃないかというほどの声で泣き始めても、両親は完全に無視していた。

俺は赤ちゃんが死んじゃうんじゃないかと怖くなって、見様見真似《まね》でミルクを作った。

だが、口元に持っていっても赤ちゃんは飲まず、哺乳瓶を叩き落とした。

「刹那、ケーキが焼けたよ」

「あの……赤ちゃん、泣いてる……」

「赤ちゃん？　そんなのどうでもいいじゃない？」

「え……でも……お世話してあげて……」

この時『泣き止ませて』と言わなくてよかったと、あとから心底思った。もしそんなことを言っていたら、どんなに恐ろしいことが起きていたかわからない。

俺がケーキを食べている間に、両親は赤ちゃんの世話をし、寝かしつけた。

それは俺がよく見ていた両親と似ていたが、どこか無機質で、恐ろしくて。

その夜、言い知れぬ恐怖で眠れなかった俺が、ベッドから起き出して両親に添い寝をねだりに行くと、両親はリビングで相談をしていた。

「利那だけを可愛《かわい》がりたいのに、あの子は邪魔だよね。どこかにやってしまおうか」

「親戚の――さんっていたでしょ？　あの人養子を欲しがっていたと思う」

「ひ……」

「あれ、利那どうしたの？　眠れない？」

「ふふ、じゃあ一緒に寝ようか」

あれだけ可愛がっていた我が子を邪魔だと言う両親に挟まれ、俺もいつか捨てられるのかと震えながら、その夜は眠った。

それから間もなく、『弟』はどこかへ養子に出されてしまう。

俺は恐ろしさがピークに達して、警察や病院など、どこか頼れる場所がないか、必死に考えていた。

――そんな時だ、〝声〟が聞こえたのは。

それは突然頭の中に降ってきた。小学生には難しすぎる内容で、俺は半分も理解ができなかった。

しかし、一つだけわかったことがある。

両親がおかしくなった原因は俺だということ。

——俺の【異能】のせいだったということ。


『精神調律』ランクSSS。

人の脳や精神に干渉し、思うがままに変化させるおぞましい能力。

六百年以上前に絶滅したとされる精神系【異能】。

それが、俺の力だった。

＊＊＊

「……二度と、使わないって決めたのになあ……」

【異能】を自覚してからの俺は、関わった人達に干渉して、『弟』が家に帰れるよう手配した。

小学生の身で全部やるのは無理だったから、詳しい人を探して手伝ってもらい、全部終わったあとに全員から記憶を消した。

他人はもちろん、家族の中からも。

戸籍などに名前は残るが、見ても意識からすり抜けるように変えた。

そして二度と『精神調律』が使えないよう、自分自身を調律した。

代わりに肉体に見合った貧弱な【異能】を使えると思い込ませた。驚いたことに素質はあったらしく、本当に『水操術』ランクCを使えるようになった。

あれから、俺は二度と【異能】が暴走しないよう、人との関わりを避けて生きるようになった。

それなのに俺は再び、繰り返してしまった。

「ごめんなさい……」

泥だらけの手で顔を覆い、虚空に向かって慟哭《どうこく》する。

誰もいない山中で、土に埋もれながら、思いのたけを吐き出した。

「レインを好きになって、ごめんなさい……!!」

声は、誰の耳にも届かず消えるはずだった。

しかし。

「謝る必要があるか！」

予想しなかった怒声が響く。

しかもその声は、慣れ親しんだもので。

「……うそ、だ……」

俺が聞き間違えるはずがない。

願望による幻聴かと呆然としていたが、木々をかき分けながら進んでくる足音が聞こえ、現実のものだと知る。

「レイン……!?」

「刹那、あなたという人は……!!」

木々の隙間から落ちる淡い月光の下、月の化身のような金髪を靡《なび》かせ現れたのは、見間違えようもなくレインだった。

胸ぐらを掴み上げられ、足先まで宙に浮く。

「レイン、なんでここに……」

「なんでじゃないだろう!!　あんな騒ぎがあって、あなたが消えたなら心配する……!!」

月光では明かりが足りず、レインの表情がよく見えない。

ただ、間近にいる養い子は、怒っていて——そして、辛そうな顔をしている気がした。

「消えるなと、言っただろう……っ」

「あ……」

叩きつけるように、縋りつくように告げるレインの声は、わずかに震えている。

その声を聞くと、胸の奥からこみ上げるものがあった。火傷しそうなほどに、熱い。

「レイン、でも、俺……」

「でも、は聞かない」

宙ぶらりんに吊《つ》り上げられたまま引き寄せられ、唇に嚙みつかれた。

土まみれの唇を容赦なく貪られる。

「んぇ、くち、食べるなよぉ……」

「嫌だ」

「ばっちいって……土から菌とか入ったらどうするんだよ……」

じたばたもがくが、レインの手はいつの間にか俺の胴体にがっちり回り、離す気配がない。

下唇を食まれたまま逃げようとして、唇が伸びていく。そんな攻防のさなか、頭上から新たな怒りの声と羽音が降ってきた。

『菌を気にするなら……』

「あっ、ベス⁉」

『まずは第一にあなた自身でしょうが――――‼』

「わぶっ」

上から直滑降してきたベスを避けようとしたら、レインの手が俺の顎を押さえ、上に向かって口を開かせた。

口内に容赦なく、ベスの卵が直産《じかう》みされる。

「んんー⁉　ごぼっ、んぐっ」

産みたての柔らか卵は、驚いた俺が口を閉じただけでも割れてしまい、中身がドロリと喉に流れ込んできた。

殻も溶けるように柔らかいため、一緒に喉の奥へ入り込んでくる。不死鳥の卵を口にするうち、疲れ切った体に心なしか元気が戻ってきた。

『許さん‼　また置いてって‼　絶対許さん‼』

「もがっ、ごめ、あぶっ」

俺の口の上でホバリングしたベスが連続で産み付けてくるし、レインは手を離さないしで、次から次に口の中に卵が押し込まれていく。

『身代わり卵』の効果で窒息はしないが、喋れないしお腹《なか》はいっぱいになってくる。おかげでクタクタになり、力が抜けた頃、ようやく解放された。

飲みきれずむせそうになったベスの卵を、レインが口移しで回収してくれ、ようやく落ち着く。

地面に降ろされへたり込んだ俺を、レインが横抱きに抱え上げる。ベスは腹の上に陣取ってきた。

そのまま歩き出すレインに、首を横に振った。

「れいん、べす、待って……。街に戻るわけには……」

一人と一羽は、呆れ顔で見下ろす。

「俺達の家に帰るぞ。人に会いたくないのなら、あそこは山の中だ、丁度いいだろう」

『言い訳は家で聞きます』

「でも、レインが……」

レインが近くにいると、俺はまた暴走して、意のままにしようとしてしまうかもしれない。

大切なレインが、俺のせいでどうにかなってしまうことが恐ろしかった。

しかしレインは眉をひそめ、子どもに言い聞かせるように、ゆっくりと告げる。

「俺があなたを好こうが、あなたが俺を好こうが、それ以前に俺たちは家族だろう。あなたが拒否しようがなんだろうが、俺はあなたを助けるからな。——あなたがいつもそうしてくれたように」


連れていかれたのは、先日連れ込まれた監禁部屋がある家だった。

都心から離れた山の中の、広い私有地に建てられた豪邸。

言われるまで気づかなかったが、すぐ隣は、かつて俺とレインとベスが住んでいた家だった。強い【異能】を持つレインを育てるため、借金して家付きの山を買いとったのだ。

レインはその家の周囲を拓《ひら》いて、この豪邸を建てたそうだ。

監禁部屋は半地下だったが、一階にも普通の居住スペースがあり、広々とした風呂に連れていかれる。

一人で入れると言ってはみたが黙殺され、レインとベスの二人がかりで、土まみれの体を丸洗いされた。

「……なんで、俺のいるところわかったの……？」

「あなたのスマホのGPSを追った。とはいえ細かい位置まではわからなかったから、鳥と一緒に探して……あなたが声を出してくれてよかった」

『私は上から探しましたが、捜索は苦手なのでもうやらせるんじゃない』

「ハイ……」

ふかふかのバスタオルで全身を拭われ、髪を乾かされる。

ついさっきまでじっとりとした山中で土に埋まっていたというのに、何もなかったかのように全身ぴかぴかになった。

固辞しても再び横抱きに抱えられ、広いリビングに運ばれる。

ソファに座ったレインの膝に、向かい合わせに座らされ、背中に腕が回りしっかりホールドされた。

頭の上には、立腹し続けているベスがずっしりと陣取った。

「刹那」

「ん……」

「……言いたいことはあるか？」

「ッ」

てっきり問い詰められると思っていたら、そんな聞き方をされて、どんな叱責《しっせき》よりも堪《こた》えた。

俺の【異能】が暴走した件は、ここに来るまでに聞いたレインの話だと、かなり大きな騒ぎになったそうだ。心がおかしくなった人たちを見れば、何が起きたか多少勘付いているところもあるはず。

それでもまだ、俺の喋る意志を優先してくれていた。

言いたいことは何もないと言えば、おそらく解放してくれるだろう。

黙って後処理だけしてくれる。きっと知りたいだろうに、俺の意志を尊重してくれる。

そして何も知らないままでも、俺が再び自棄《やけ》にならないよう、助けようとしてくれるのだろう。

俺が誰からどれだけ後ろ指をさされることをしていたとしても、自分たちはあなたを優先すると。

レインとベスは、とっくに覚悟している。俺の家族として、俺の絶対的な味方であり続けることを。

ここに足りないのは、俺の覚悟だけ。

「………………」

長い、長い葛藤があった。

でも多分とっくに――山の中でレインの声を聞いたあの時から、俺の答えは決まっていたんだと思う。

「全部……話す。――聞いてほしい」


「――というわけで、……俺の本当の【異能】は、人の精神をいじくり回すものなんだ……」

「なるほど。薄々、あなたが何らかの能力を隠していることは気づいていたが……」

秘めていた全てを話した。

俺の【異能】のこと、家族だった人たちのこと、奪ってしまった記憶のこと。

ベスは【異能】のことは元から知っていた。俺が不老不死のベスに死を与えられるのは、この力のおかげだから。

初耳のレインは、驚きながらも納得した様子を見せた。

「そんな力だったとはな。確かに、モリノミヤがいる以上、他に精神系能力者がいてもおかしくはない。しかしランクSSSとは」

『精神調律』ランクSSS。

同じランクSSSのレインなら、その脅威がよくわかるだろう。

SSとSSSの間には、大きな隔たりがある。

レインがやろうと思えば月や地球すら両断できるように、SSSは能力の範囲や規模といった制限がほぼない。

俺と近い能力のモリノミヤは呪文のような言葉が必要な上にできる範囲も限られるが、俺の場合は精神に関わることならなんでも可能と言って過言じゃないのだ。

制限なく、他人の思想をいじることができる。

これは人類にとって大いに脅威となりうるだろう。

しかしレインは、自らの力に怯《おび》える俺に頷くと、しみじみ告げた。

「便利だな」

「その考え方、完全に人類の敵サイドなんだよな……」

「悪の総統だからな」

確かに『悪の組織』が利用するなら、非常に便利な能力ではある。

だが俺が第十三代総統になってからもこの力を頑なに隠し続けたのは、大きなデメリットがあるからだ。

「レインは、俺が怖くないのか……？」

「怖い？」

「だって、信用できないだろ。心をいじられても、本人はそれに気づくことすらできないんだぞ」

――モリノミヤは有名で知人も多いが、彼と直接目を合わせる人間は、片手で数えるほどしかいない。

【異能】の発動に呪文が必要なモリノミヤでさえ、相対する人間は心をいじられないか警戒する。

俺の場合は、相手を見る必要すらない。

意識するだけで、対象の精神を自分の好きなように変質させられる。

そんな化け物が間近にいることが、どれほど恐ろしいか、俺にだって想像はできた。

俺の力は、道具として気軽に利用できるものではない。レインが俺を上手く使おうとしても、そのレインすらも操ることが可能な力なのだから。

「いや、信用している」

「えっ」

しかし、レインはあっさりと否定する。

「あなただからな。能力を私利私欲で使おうと考える人なら、そもそもあんな山中で土に埋もれたりしないだろう」

「た、確かに悪用しようと思ったことはないけど、無意識に使うことだってあるわけだし……ずっと気をつけていたのに、あんな簡単に暴走した。……んっ!?」

無意識に下唇を噛み締めていたのだろう、ぴりりとした痛みが走った瞬間、即座にレインの指が突っ込まれ、無理やり口をこじ開けられた。

閉じられないよう奥歯に指を噛まされ、戯れに舌を引っ張り出される。

(舌、舌いじるな……!?)

「確かに、あなたが感情を昂らせるのは珍しいな。一体、暴走の前に何があった?」

「喋れないって《られれらいっれ》!」

抗議するように腕を叩けば、するりと指が外された。

「——それで、何があった?」

「う……」

しまった、舌を離したのだから答えられるよなという流れになっている。

まさか狙ったのかレイン。悪い子すぎる。

(言えるわけないだろ、嫉妬したなんて)

中身三十八歳のおっさんがどのツラ下げて「レインが優しく接してた相手に嫉妬して、隠し続けてきた能力暴走しました〜」とか言えるんだ。怖すぎる。

「そ、それは……」

なんと言うべきか頭を必死に回転させるが、答えが全く出てこない。

俯いて言葉を探していると、レインは何やら俺の頭の上のベスと、アイコンタクトをしていた。

「……真っ赤だな、刹那」

「へ⁉」

「青ざめながら赤面とは、器用なことをする」

ふいに顎を持ち上げられ、真正面から顔を見つめられる。自分が今どんな顔をしているのかわからないが、きっとひどいのだろう。

あやすように頬を撫でられるが、なぜそうされるのかわからなくて更に混乱する。

しかしレインは何かを納得したのか、話を変えた。

「もしかして、あなたの精神と体が別にあるのも、その能力が関わっているのか？」

「あ……ああ。うん。あれもおそらく無意識に、能力を使ったんだと思う」

テトロさんが保管していた三十六歳の俺の体は、間違いなく俺のものだった。

ここで、本来なら矛盾があった。俺はてっきり、俺自身が改造されて今の体になったと思い込んでいたからだ。だが、違った。

おそらく俺は無意識に【異能】を使い、記憶と精神を、自我が生まれる前の空っぽな改造人間の体に転送したのだ。

レインの童貞を奪って逃げた俺は、非常に不安定な精神状態の中で、後に第十四代総統となった男に陥れられた。

身の危険を感じた時、無意識に生存本能が働き、別の体に記憶と精神を逃がすことで生き延びようとしたのだろう。

「なるほどな……」

「そういえばレイン、今まで全然そのことに触れなかったよな。普通、心と体が別にあったら、もっと追求しないか？」

俺とベスは【異能】のことがわかっていたから、そういうものだろうと受け入れられた。

モリノミヤも同じ精神系【異能】持ちとして知っているから、動揺しなくても不思議ではない。

しかし俺の【異能】を知らないテトロさんは、ずっと疑問符を浮かべていたし、研究しようと提案もされた（断った）。

身近な人で、俺の【異能】を知らないにもかかわらず、阿僧祇と俺が分離している件にほぼ触れてこなかったのは、レインだけだ。

統計としては絶対数が少なすぎるが、常識と照らし合わせれば、テトロさんの反応が多数派なことくらいはわかる。

しかしレインは、不思議がる俺の反応にこそ、首を傾げた。

「追求……？」

「えっなんでそんな顔するんだよ……普通は、なんか疑問を持つだろ？　どうして体と精神が分裂したんだとか、どうやったんだとか……」

「特には」

「特には!?」

きょとんとするレインに、俺の方が驚いた。

頭の上でベスも動揺している。長い時を生きているベスまで動揺するのは非常に珍しい。

「何度か言ったが、あなたが心身ともに無事であったなら、それで十分だ。『正義の味方』などの他者から歪《ゆが》められたなら報復も考えたが、調べてもそういった痕跡はなく、あなたの体はどちらも健康で、問題はなかった」

「調べたの!? いつの間に……」

「あなたが眠っている時に」

「全然気づかなかった……。えってもさ、さすがになんの疑問もなかったわけじゃないだろ？ まさか、増えたなーで終わってたわけじゃあるまいし」

「あなたが増えたことに関する感想か？」

「うんうん」

レインは口元に手を当ててしばらく考え込んだ。

「増えて……」

「増えて……!?」

俺とベス、固唾を呑んでレインの次の言葉を待つ。

「得だな……と」

「得だな!?」

『得とは!?』

頭の上でベスが羽ばたいた拍子に仰け反った俺を、レインの腕が支える。

俺たちが驚いていることを、レインは本気で訝しんでいた。

「そんなに変なことは言ってないだろう」

「いや、えっ、ごめん俺聞き間違えた？ お前得って言わなかった？ 『わあこれでこの値段ってお得だな〜』とかの得……」

「言ったが」

「言ってた……」

レインは厳粛に頷く。

「あなたは何人いてもいいだろう」

『ちょっと刹那、この子ども想像以上にあなたが好きですよ』

『好意はめちゃくちゃ感じるけど、これを好意と呼んでいいのか悩む……」

一般常識を教えたはずの育ての親として、喜べばいいのか嘆けばいいのか、非常に複雑な心境だった。

『どうするんですか刹那。あなたの養い子、あなたに関してはぽんこつみたいですけど』

「ぽんこつって言うな俺のレインを……!!　うう……でも俺の価値観では測れなさすぎる……。あ……まさか……？」

その瞬間、俺は恐ろしいことに思い当たる。

むしろなぜ今までこの考えが出てこなかったのか。

レインは異様なほど俺に甘く、ちょっとおかしいほどに俺のことを好きだという。

――これこそ、俺の【異能】によって引き起こされたものなんじゃないか？

レインを好きになってしまった俺が、レインにも好いてほしいと無意識に考えて、歪めてしまったのだとしたら。

俺は、どうやってこの子に詫《わ》びればいい。

『ちなみに、レインは刹那のどこが好きに？』

「あ……ベスが、レインは俺のどこが好きかって」

ベスも同じ考えに行き着いたようで、先んじて問いかけてくれる。ベスの言葉は俺以外にはわからないから、通訳した。

「どこが好き、か」

レインはふむ、と再び少し考え込む。けれど、今度はさっきよりずっと短い時間だった。

「全部だが」

「やっぱり俺の【異能】のせいだ……」

「刹那への好意を自覚したのは、俺が十代になったばかりの頃だな」

「あれっ俺より早い……ってことは俺の【異能】のせいじゃない？」

俺がレインを好きになったのは、レインが十六か十七の頃だ。

気づいた時は青天の霹靂《へきれき》のような心地で、それまでは恋愛対象として見たことは全くなかった。

十代になったばかりということは、俺がレインを捻《ね》じ曲げたわけではないのだろうか。

『何をもって刹那が好きだと？』

「あ……ベスが、レインが俺のこと好きだと思ったのはどういう時だって」

「ああ、好意を自覚した瞬間ならよく覚えている」

レインは美しく、優しく微笑んだ。

「あなたがソファで腹を出して寝ていた時だ」

「やっぱり俺の【異能】のせいかな!?」

なんでソファで腹出して寝てたら好きになるんだよ!!　おかしいだろ!!

もう俺の深層意識が、レインのこと大好きちゅっちゅってレインのこと歪めたとしか思えないだろ!!

『それのどこを好きになったんですか……』

「それのどこを好きになったんだってベス……と俺からも聞きたい……」

「そうだな、あれはあなたがソファでいびきをかきながら眠っていた時のことなんだが」

「もうこの時点で好きになる要素なくないか?」

「服がめくれて腹が出ていたから何かかけてやろうと毛布を取りにいき、戻ったら」

「戻ったら……?」

「その辺にあった座布団で腹を隠していて。それが、いいな、と」

「…………」

『…………』

俺とベスは顔を背け、小声で話す。

「どう思う?」

『どうって……あなたレインのことお腹を出して誘惑した覚えでもあるんです?』

「ない、一切ない。レインが十歳前後だった頃って忙しすぎて……ソファで腹出して寝るくらい、珍しくなかっただろ。いつのことかすらわからん」

『ではやはり【異能】なのでは』

「ううん……シチュエーションが特殊すぎてピンとこない……。なあレイン、もうちょっと細かく聞いていいか? 腹に座布団乗せてて何がよかったんだ……?」

「詳しくか」

レインは宙に指を滑らせ、形まで描いて説明してくれる。

「無防備に腹を出していると思ったら、短い間に座布団で覆っていた姿から、」

「うんうん」

「弱そうなわりにしぶとい生命力を感じて、」

「感じる力が高いな」

「この一筋縄でいかない生き物を支配したいと思うようになったな」

「それは恋じゃないな？」

「恋だが」

「断言するじゃん……」

どう思うベス、と視線を向けたら、ベスは虚無の顔になっていた。

あまりの虚無と混乱に、ベスの背景に無限の宇宙が見える。

そこにないなら答えはないですね……と言いたげな気配が伝わり、俺はベスに問いかけるのをやめた。

長い時を生きてきたベスでも、わからないことはあるようだ。

「刹那。どうやら先ほどから、俺があなたの【異能】で恋心を抱いたのではないかと疑っているようだが」

「うん……まあ今はもっと根幹がわからなくなってきてるけど……」

「話を聞いた限りだと、あなたの【異能】に不可能なことはないのだろう。俺に影響を与えた可能性があるのが不満なら、取り除いてみたらどうだ？」

「あ……そうか、なるほど。それいいな」

これまで自ら【異能】を使おうとしたことなんて、ほぼなかったから思い当たらなかった。

確かに、俺の力ならレインから歪んだ影響を取り除くことができるはずだ。

「えっとじゃあ、やってもいいか……？　少し、お前の精神に干渉することになるけど……」

「構わない」

レインは躊躇なく目を閉じた。

俺に何をされてもいいという意思表示。

……こんな無防備な姿を見ることができるのは、これが最後になるかもしれない。悲しみを押し殺し、覚悟を決める。

頭の上でベスが卵を産んだ感覚があった。

正気に戻ったレインが、俺を殺そうとした時のためだろう。

今まで心に干渉され捻じ曲げられていたのだ。素直に殺されてやるわけにはいかないが、それくらいする権利がレインにはある。

「それじゃあ――いくぞ」

自らの意志で【異能】を使った経験はほとんどない。それでも、使い方は心が知っている。

俺の【異能】は、常に全身を覆っている、無数の糸のようなイメージだ。

それを少し引き剝がし、動かし、レインに触れさせる。

触れるのはどこでもいいが、今回は瞼にした。

これが次に開かれる時、見える世界が正常なものでありますように。

そう願いを込めて、レインの中から俺の【異能】によって植え付けられた恋心を探して、消去を試みる——はずだった、が。

(ん？　あれ、ない)

消去以前に、該当箇所が見つからなかった。

検索条件を変えたり緩めたりして何度も試行錯誤するが、一切ヒットしない。

他の精神系【異能】や薬等による影響も疑って探すが、そちらもない。

レインの中にあったのは、混じりけなしのレインの心のみ。

(え、これってつまり——つまり、レインが本当に、純粋に、俺のことが好きってことになるんだが——？)

糸を体に戻すイメージで【異能】による干渉を終わらせ、肩の力を抜く。

しかし裏腹に、心臓はバクバクと緊張していた。

「——終わったか？」

「う、うん」

レインの低い声に返事をしようとして、どもってしまう。

レインの顔を直視できない。全身がぽかぽかと、茹だりそうなほどに上気していた。

そんな俺の唇に、レインがちゅ、と音を立ててキスを落とす。

「——これで信じてもらえたか？」

「ハイ……」

もっとわからないことも増えたが、これだけは確信できた。

――レインは、俺のことが好きだ。

『よかったですね、刹那』

「うん……っはは……泣きそうだ……」

『……そういえば、刹那はいつ恋心を自覚したんです？』

「えっ俺が恋心を自覚した時？」

「それは俺も興味がある」

ベスと俺の会話はレインにはあまりわからないようで聞き流すことが多いが、急にずずいと距離を詰めてくる。

「おわっ。言う、言うからちょっと離れて……」

元よりレインの膝の上なので逃げることはできないが、さっきの今でこれは少し恥ずかしい。

「……えっとな。あれは確か、レインが十六だか十七の頃なんだけど、仕事から帰ってきたら、部屋着のお前がソファでうたた寝しててさ」

「あなたさっき『その時点で好きになる要素ない』と言わなかったか」

「いや、レインはいびきをかいてなかったし、足を組んで背もたれに身を預けて、寝姿も綺麗なものだったよ。でも風邪ひくから部屋で寝なーって声かけたら素直に起きてさ、読んでたらしい雑誌をこう、マガジンラックに戻しにいったわけよ」

「ふむ」

「その時、部屋着のズボンの裾が片方だけ、膝下くらいまでめくれ上がってるのが見えてさ」

「……ふむ？」

「それ見た瞬間だったな……ああ、好きだなあって……」

いくら両想いが確定したとはいえ、好きになった時のことを口に出すと気恥ずかしいものがある。

照れながら話を締めくくると、レインとベスはなぜか黙りこくっていた。

「どうかしたか？」

「いや……まあ……あなたがそれで俺を意識してくれたならよかったんだろう」

『刹那、私が燃えている間に人間の恋愛方法って変わりました？』

「えっなんだよ二人して……」

いまいち理解できないと表情で雄弁に語る一人と一羽。

結局、遠い記憶にある両親が、休日でも寝起きでもきっちりした格好をする人たちだったため、ちょっとだらしない姿のレインを見て初めて家族以外の存在として意識したのだと、それから数十分ほど説明してようやくわかってもらえたのだった。


説明が終わり、しばし休息を取った後、俺は話を切り出した。

「なあレイン。……聞きたいことがあるんだけど」

レインに聞きたいことは、二つあった。

一つは、俺が精神を歪めてしまった人々のこと。そしてもう一つは——俺がそうするに至った、要因のこと。

卑怯《ひきょう》だとはわかりつつも、レインが俺のことを好きだと確信した今、どうしても確かめておきたい。

あの時、公園でレインと一緒にいた人物は、誰なのか。

あそこまで他人に好意的なレインは初めて見た。思い出すだけで、胸に重いものが生まれるほどに。

「なんでも聞いてくれて構わないが、刹那」

レインは、虚無の顔でされるがままのベスを持ち、俺に向けて軽く振ってみせる。

「なぜそんなに距離を取る」

「いやちょっと……直視できなくて……」

両想いが確定してから、じわじわと湧き上がる抱えきれないほどの歓喜。それから逃げるように俺はレインから物理的に距離を取り始めた。

今はレインが座るソファから一番離れた壁に張り付いている。距離にして六mくらいだろうか。

レインが距離を詰めようとすると、壁に張り付いたまま横に逃げようとするため、憐れに思ったのか好きなもので釣ろうとする作戦に出たようだ。

真顔でゆらゆらとベスを振っている。

「ほら刹那、ベスだ」

「好きな人が好きな鳥を抱っこしてる……」

「逆効果だったか……」

愛しさのあまり更に直視できなくなり、顔を背けた俺に、レインはふうと息を吐いてベスを解放した。

ベスはブルリと身を震わせるとバサバサと飛んでいき、遠くにある棚の上に座る。

ふくふくとしたシルエットが、巻き込まれたくない意志を物語っていた。

飛んでいったベスに目を奪われていると、ふと風が流れ俺の上に影が差す。

「ひっ……!?」

見上げれば、間近でレインが見下ろしていた。

咄嗟に逃げを打つ体を、伸びてきた腕が素早く抱え上げる。

「逃げるな」

「ちっ……か……い……!!」

持ち上げられ心もとなく浮いた足。耳元で聞こえるレインの低音。巻きついた腕の熱さに、心臓が跳ね上がる。

「う……うぅ……」

「泣いているのか?」

「だって……うぇっ……こ、こんな、の、初めて、で」

あまりの感情の揺れ動きに、勝手に涙が出てきた。

止めようとしても止め方がわからず、乱暴に手で拭っていると、レインに腕を摑まれ止められる。

向かい合わせに抱き直されて、背中をぽんぽんと撫でられた。

「うぅ……赤ちゃんみたいにあやすなよぉ……」

「似たようなものだろう。ずっと、感情を抑えてきたのなら」

「……っ、わかったようなこと言いやがって……」

——などと憎まれ口を叩きつつも、完全に図星だ。

幼少期に【異能】を暴走させて以来、俺は感情が大きく動かないよう意識してきた。動揺させるようなものからは、離れるようにしてきた。

レインへの恋心を自覚してからも、極力意識を逸らしたり仕事に没頭したりして。それでも耐えきれなくなったから、嫌われようと襲って逃げ出したのだ。

だから、こんな風に次から次に湧き上がる情動なんて、未経験のことで。

俺の中に、ここまで色とりどりの感情があったのかと、極彩色の世界にめまいがした。

しかしレインに格好悪いところを見られたくなくて、腕で顔を隠す。

下ろしてくれと肘で押すと、逆に強く抱き返された。

身動きができないほど強い力で抱きしめられ、密着した場所が服越しなのに、火傷するほど熱く感じる。

「刹那。あなたはどうしていても魅力的だから、あまり足掻かないでくれ」

「足掻いてねーし、これが普通だし……」

「そう強くいられると、愛しすぎて捻じ伏せたくなる」

「……なんて？」

間近だから一字一句間違えず聞こえたが、思わず聞き返した。

冗談かな、笑っているのかなと恐る恐る腕の隙間からレインを見ると——いっそ無表情とも取れるほどの真顔だった。俺の喉奥から悲鳴が漏れる。

「ところで、俺に聞きたいことというのはなんだ、刹那？」

「話を逸らすじゃん……」

ソファに座らされ、隣にレインも座り、肩を抱き寄せられた。

露骨に逸らされた――戻されたともいえる話題に、あまり触れない方がいい気がしてそのまま乗ることにする。

距離は諦めるが、首は精一杯レインと逆を向き、視界に入れないようにした。

しかしそうすると、肩を抱き寄せてくるレインのたくましい手が見えてしまうから、そのままぎゅうと目をつむる。

「えっと、まずは、俺がおかしくした人たちなんだけど、どうなった……？」

「『悪の組織』の施設で保護している。全員、怪我などはない。治療するなら近いうちに連れていこう」

「ありがとう……!!」

俺がしてしまったことは許されることではないが、怪我がなかったのは不幸中の幸いだ。

わずかに肩の荷が下りた。いや、レインが俺の荷を引き受けてくれたんだ。

その厚意と好意を一番理解している今、勢いのまま、踏み込む。

「あ、あのさ。その――俺、公園で、見ちゃったんだけど。お前と一緒にいた人、誰なんだ……？」

「一緒にいた――ああ」

心当たりが浮かんだらしいレインに、身を固くする。

なんと言われるのか、想像がつかない。

友達？　親友？　まさかただの知人ではないだろう。

恋人――も違うと思いたい。だがレインの中には、俺にはよくわからない価値観や考えがあることを知ってしまった。

裁判で判決を待つ罪人のような心地で、待つ時間は一秒が何十分にも思える。

何百通りもの希望的な想像と悲観的な考えが脳裏を駆け巡った。

「刹那。あなたは弟か妹がいると言っていたが」

しかしレインが続けた言葉は、どれにも当てはまらないものだった。

「……え？　あ、ああ。うん」

「他に兄弟はいないよな？「双子や、歳の近い兄弟は」」

「へ？　いないいない。なんでそんなこと――……まさか」

レインがなぜ突然そんなことを聞くのかわからず困惑したが、ふと一つの可能性に気がつく。

「そのまさかだ」

ありえない話だった。しかしそうであるなら、全てに納得がいく。

それに、ありえない話なのに、俺たちはもうその可能性を間近で見ている。

阿僧祇。

突然俺たちの前に現れた過去の俺にそっくりの男。あれは『正義の味方』に保管されていた俺の体だった。

だが阿僧祇は、ずっと俺やベスの監督下にある。

公園でレインを見かけたあの時も、間違いなくベスや他の改造人間と家にいたはずだ。

つまり、阿僧祇ではない。

「ありえない、俺に似た兄弟はいないし、クローンが作られたことだってないはずだ」

これ以上俺が増えていたらややこしすぎると、テトロさんには何度も俺を使った実験内容を確認した。

弟か妹かすら覚えていないあの子も「刹那とは似てないね」と親戚に言われていたのを覚えている。

「レインから見ても、似ていたのか……？」

「ああ。俺も別人や整形を疑ったが、あれは見れば見るほどあなたと同じだ。胸元に火傷痕すら存在していた」

「は……!?」

俺が燃えるベスを抱き上げた時に負った火傷は、少し特殊だ。

太陽のように広がる形は独特だし、年月を経てもまだ赤い。ベスは普通の火傷との違いを明確に感じ取ることができるらしいが、何年も間近で見てきたレインも、見間違えはしないだろう。

この世に二つとないはずの火傷痕を持つ、俺でない俺と同じ人間？

「俺、また増えたの……」

「本人は、あくまで別人だと言っていたがな」

「っ、意志があるのか！」

てっきり阿僧祇《俺の抜け殻》と同じく意志を持たないと思い込んでいたが、今度のそっくりさんは自我があるらしい。

ますます意味がわからなくなり、背筋に冷たいものが走る。

「奴は突然現れ――不可思議阿摩羅《ふかしぎあまら》と名乗った」

「突然現れた？　一体……」

ジリリリリリリリリ!!

不可思議阿摩羅と名乗る男について問いただそうとしたが、その瞬間に鳴り響いたベルによって、俺たちの話は中断された。

しかし不可思議阿摩羅の存在は、この先で俺たちを、そして世界すらも大きく動かすことになる。

——破滅へと。

番外編　総統閣下と家族の話

俺の中で最古の記憶は、男に手を差し伸べられた時のことだ。

「俺とおいで。お前の世界を見せてやるから」

どれだけ無視しても、拒絶しても、男はしつこく傍《そば》に居続けた。

根負けしたのは俺の方。

人生で最初の敗北だった。

俺に敗北を味わわせた男は、その報酬として養父となった。

しかし、本人に勝利の自覚などないだろう。

この養父は誰より俺の価値を理解し、それでいて世界で最も頓着しない男だった。

養父は名を、阿僧祇《あそうぎ》刹那《せつな》という。


「まあ、五歳までの記憶なんて、覚えている奴《やつ》の方が少ないよ多分」

俺には、刹那と出会った山中に至るまでの記憶がなかった。

およそ十数カ国程度の言語はわかるのだが、自分の親や生まれた場所、五歳程度の現在までどこで何をしていたかということは、思い出せなかった。

言葉は理解しているのに中々喋《しゃべ》ろうとしない俺から、刹那は巧みに、そういったことを聞き出した。

「必要なのはとりあえず名前と——あと服だな！」

刹那は、腕を通さず羽織っていたロングコートで、一糸纏《まと》わない俺を包み込み、片腕で抱き上げる。

空いた手で足の裏の土なんかを払われた時、熱いな、と思ったことを覚えている。

俺を抱えた刹那が、慎重な足取りで下山すると、どこからか赤い大きな鳥が飛んできた。

「ああ、この子だ。間違いない」

刹那は、鳥がなんと言っているかわかる様子で、しばらく会話していた。

それから連れていかれたのは、山奥に建てられた二階建ての小ぶりな一軒家。

「ここが俺とベスの家。あ、ベスってこの赤い鳥な。そして、今日からはお前の家でもある」

体力がないのか、俺を抱え続ける刹那は息を切らしていたが、話しかけてくるのをやめなかった。

他愛ない内容はほとんど覚えていない。

だが、風呂場で椅子に座らされ、足を洗われている時の言葉だけは、いつでも鮮明に思い出せる。

「名前は、ここに来るまでに考えたんだけどさ、レインでどうだ？」

「レイン」

「うん。俺、雨好きなんだよ」

断る理由もなかったから頷《うなず》けば刹那は眉を下げて微笑《ほほえ》んだ。

それが刹那の喜びの表情だと知るより前に、俺の名は阿僧祇レインとなった。


刹那は半年ほど、家やその周辺で、俺を徹底的に教育した。

「レイン、どこ行った」

「レイン、逃げるな」

「れーいーんー、食い物をひっくり返すんじゃない」

言葉も常識も知識としては持っていたが、活《い》かす知能が備わっていなかった俺を、刹那は一日中追いかけ回した。そして根気強く、スプーンの持ち方から教えていった。

時折、俺の【異能】が暴走し、うっかり殺す勢いで両断することもあったから、ベスの卵がなければ刹那はとっくに死んでいただろう。

そういう意味で、俺の教育は刹那以外には到底無理だった。後に、刹那が俺の育ての親だということに嫉妬を向ける輩《やから》が何人か現れたが、的外れというものだろう。

刹那は、暴れまわるけだものの俺に厳しく、そしてとにかく根気強く教え込み、たった半年程度で俺に知能と理性を植え付けた。

「レイン、自己紹介できるか？」

「阿僧祇レイン。五歳。ッ！」

喋っている途中で突然、バチンと手のひらを鳴らされる。

反射的に【異能】を発動しそうになるのをこらえると、音もなく滑空してきたベスに足元を掬《すく》われ、転ばされた。

その瞬間、ごとりと音を立てて刹那の指が落ちる。

危険を感じたから、咄嗟《とっさ》に【異能】を使用したのだ。

「はいダメー。残念だったな、外はもうちょいお預けだ」

「だめ、一日一回。今日はもう風呂入ろうな。この指、元に戻してくれるか？」

「もう一度」

「…………」

「あっ逃げた！　追うぞベス！」

【異能】が抑えられるようになってくると、刹那とベスによって外に出るためのテストが行われた。

俺の【異能】は一瞬で人の命を奪えるものだから、完璧にコントロールできるようになるまで、外には出せない。そのために肉体的・精神的な負荷を、予告なく与えられるというテストだった。

俺は、世界を見せてやると言われたのに、どこにも行けないという鬱憤《うっぷん》から、反抗ばかりしていた。

そのため、幼い俺の刹那に対する印象は〝厳しく嫌なことばかりする気に食わない奴〟だった。

しかし、刹那を捨てて消えようと思ったことは、不思議と一度もなかった。

「よかった、レイン、ここにいたのか……怪我《けが》はないか？」

俺に両断されても怒らず、雨の中ずぶぬれで探し回り、木の根本にうずくまる俺を見つけたら安堵《あんど》した顔で抱きしめてくる刹那。

それがどうしようもなく得難いものだと、知るのはもう少し先のことだ。


刹那に拾われてから十ヶ月ほどで、ようやくテストに合格した。

「おめでとうレイン。もう外に出ても大丈夫だよ。――お前に、祝福を」

額にキスをされ、おまじないだと教えられた。

「よし、早速だが今日は俺の職場に行こう！」

初めての外出で連れていかれたのは、刹那――第十三代悪の総統の職場。

『悪の組織』本部だった。

都心から離れた廃墟《はいきょ》と見紛《みまが》うボロいビルの一室。

壁はひび割れ、窓はガムテープで補修された、雨漏りでカビ臭い賃貸オフィスだった。

『悪の組織』のことは知識として知っていた。それに朝のニュース番組で『正義の味方』との戦いを見たこともあったから、その本部がこんなにも貧相なのかと驚いたものだ。

　刹那に抱き上げられた状態で、じろじろと周囲を見回す俺に、悪の総統は苦笑する。

「貧相って思っただろ。ここ二十年ほど『大戦』で負け続けてるから、財政が厳しくてなあ……」

「『大戦』？」

「年に一回、夏に『正義の味方』側から仕掛けてくるんだよ。恒例行事ってやつだな。『大戦』で負けると、金だの資材だのを容赦なく持ってかれてきついんだ……」

　そんなことを話しながら刹那が「詰め所」と書かれた扉を開けた時、向けられたのは最初、様々な感情だった。

「総統久しぶり～」

「チッ、あれだけ休んで今更どのツラ下げて……」

「このまま居なくなってくれればよかったものを」

　好意的な挨拶と、あからさまな陰口。陰口の方が七割程度だろうか。

　刹那は身内にも敵が多いようだった。

　だが、腕に抱かれる俺を見た瞬間、本部にいる全ての構成員が動きや野次《やじ》を止めた。

「なんだ……あの子ども……？」

「美しい……いや、それだけじゃない」

「ありえない……あんな子どもなのに――」

　俺を見た者たちが、一斉に身を正し、頭を下げる。

　俺は驚き、無意識のうちに刹那にしがみついていたが、刹那は動じなかった。まるで、予想していたかのように。

「レイン、よく覚えておきな。お前はきっといつか――」

いつもの刹那のまま、予言者のようにうやうやしく響く声で告げる。

「彼らの、いや世界の半分の人間たちの、上に立つ」

「レイン・ヒュプノス様。どうか私をあなた様の元で働かせてください」

「断る」

刹那の予言は気味が悪いほど的中した。

会う人間の半分が俺を避けるか敵意を向け、もう半分が服従しようとする。

俺は十八歳になっていた。

刹那にしがみついていた頃と違い、今や身長は刹那を追い越し、順調に育ち続けている。

日本《にほん》では珍しい金髪のせいもあり、街を歩いていようが、高校の校舎内だろうが、注目してこない人間はいなかった。

敵意を向けてくる相手すら魅了する容姿は、利用価値が高かったが、煩わしいことも多い。

敵意か崇拝、あるいは歪《ゆが》んだ恋慕しか向けられない中で、純粋な親愛を向けてくる刹那とベスがどれほど貴重な存在かを知る。

注目され、次期悪の総統だと世間でも騒がれ始めた俺が、安らげるのは家だけだった。

「おかえりレイン。学校どうだった？　弁当美味《うま》かった？」

「いつもと変わらない。弁当は美味かった」

帰宅すると、珍しく早く帰れたらしい刹那が鍋に向かったまま声をかけてくる。

利那の頭上でふくふくと、くつろいでいるベスもおそらく『おかえりなさい』と言っているのだろう。高い声で歌うように鳴いた。

「刹那、今日は早かったんだな」

「来月あたりには『大戦』が来そうだから、英気を養えって帰された。今日はキムチ鍋なんだけど……晩酌してもいい？」

「ああ」

「やった。発泡酒じゃなくてビール開けちゃお」

晩酌の缶ビールすら、たまの贅沢《ぜいたく》とみなす刹那は、年に一回の『大戦』では就任以降ずっと負け続けており〝歴代最低の悪の総統〟と称されている。

しかし戦績とは裏腹に副業に力を入れ、一般市場をターゲットとした多数の新商品を発売。

戦果として奪われることがない、『悪の組織』の継続的な収入を増やしていた。

そのため、安普請ながら本部ビルが建つほど『悪の組織』の経済状況は上向いている。

刹那は決して、世間で言われているほど無能な総統ではない。

しかし【異能】の強さこそ最大の価値とされるこの世界で、刹那の評価は不当に低かった。

「はー、ビール最高！　もう一本！」

「刹那、酒ばかりではなく鍋も食べろ」

一口二口鍋をつついてビールで流し込む刹那に苦言を呈すると、ベスも同意するように少し濁った声で鳴く。

利那が二本目を取りに冷蔵庫に向かった隙に、空っぽの器に肉と野菜と豆腐を山盛り入れてやった。

「うわ、俺こんなに食えないよ。レインが食べな、若いんだから」

「三十六歳も若いだろう……」

食卓に鎮座するのは、四人分の土鍋だ。

食事を必要としないベスは味見程度しか食べないから、ほぼ利那と俺の分だというのに、育て親は俺にほとんどを食べさせようとしてくる。十八歳の胃を過信するな。

利那も昔はよく食べたからこの鍋では足りないほどだったのだが、三十五を過ぎた頃からあまり食べなくなっていた。

「だってさぁ、食ったら食っただけ肉がつくんだもんよ……」

ビール缶を行儀悪く咥《くわ》えたまま、利那がゴニョゴニョとつぶやく。

「何か言ったか？」

「さすがに二十代と同じようにはいかないって話。ほら肉食え肉」

お返しとばかりに、俺の器に肉がぽいぽい投げ入れられる。

山のように盛られた白米とともに食べれば、キムチ鍋の少しきつめの塩気が米に合って丁度いい。

腹が減っていたのは事実で、しばらく自分の食事に集中する。そうしていると、対面から利那の視線が突き刺さった。

いつからだろう、利那は俺が気を逸《そ》らしている時、こうして熱心に見詰めてくるようになった。

気取《けど》られないよう密かに意識を向ければ、酒が回ってとろんとなった目が俺を眺めている。

俺が顔を上げれば、利那はすぐに目を逸らすと知っていた。だからわざと茶碗《ちゃわん》に顔を伏せたまま、ゆっくり咀嚼《そしゃく》する。

俺は、目立つせいで視線を向けられることが多い。

しかし刹那からのものは、他と比べ物にならない。

親愛と、慈愛——そして微《かす》かな熱。

崇拝からくる熱狂とは違い、親愛の先にある甘やかさ。

向けられることを心地よいと思うのは、俺も同じ気持ちだからだろう。

「レイン、大きくなったよなあ……」

ふいに心地よい視線がかき消えた。

刹那は無意識で俺に見入っているようで、自分で気づくとすぐに感情を押し隠してしまう。

「あなたのおかげでな」

おそらく刹那の中には多くの葛藤があるのだろう。

彼は俺の養父であり、十八歳という歳《とし》の差もあった。

俺は気にしないそれらが、刹那にとって強い枷《かせ》になっていることは察している。

だから俺も八年近く気持ちをひた隠しにしてきた。

精通して以来ずっと養父に向け続けている欲望を、決して悟られないように。

刹那にとって『可愛《かわい》いレイン』である間は、牙を隠そうと努めている。

——しかし俺が成人して、堂々と刹那の庇護《ひご》下から出ることになれば、容赦はしないと決めていた。

『可愛いレイン』の幻想を打ち砕いて、俺が刹那に焦がれる一人の雄であることをわからせてやると。

「高校卒業までに、どうなんだよ、彼女とかできそう？」

俺のそんな心境を知ってか知らずか刹那は自分の気持ちを吐き出す気は一切ないようで、何かにつけてこんなことを言う。

「何度も言っているが、興味がない」

「そっ、か～」

あなた以外には、とは告げず否定だけすると、刹那は拍子抜けしたような、それでいて安堵が隠せていない表情で笑った。

(俺があなたを好きだと言って、欲望をさらけ出したら、どんな顔をするんだろうな)

刹那が悪の総統に就任したのは二十二歳の頃。俺を拾ったのは二十三歳の頃。

十八歳の俺がそこに辿《たど》り着くまでもう数年しかないというのに、刹那の中で俺はいつまで庇護すべき子どもなのだろうか。

「恋人ができたら、よかったら紹介してくれよ。俺――お前のこと、大事な家族だと思ってるから」

(ああ、またか)

酒を飲むと気弱になるのか、刹那は時折、同じ言葉を繰り返す。

幼少期の俺に厳しくしたことを負い目に思っているのか、それとも他の理由なのか。

『家族だと思っている』――本当の家族ではないが、と前につく台詞《せりふ》だ。

記憶のない俺にとって、刹那とベスはかけがえのない家族であり、それは本人にも何度も伝えている。

しかしなぜか刹那は、いつか俺が彼の元を離れて『本当の家族』のところへ行くなり新たに作るなりすると、思い込んでいるようだった。

自分の言葉で傷ついた顔をする、誰よりも家族を欲している寂しがりや。

今すぐ抱きしめて愛を囁《ささや》き、愛されていると理解するまで抱き潰してやりたいが。

「いっぱい食べろよ。締めにラーメンもうどんもあるからな」

俺の食事を、赤ら顔で嬉《うれ》しそうに見守るこの人は、まだ保護者の顔が強すぎて。

もう少しだけ、成人するまでは——『可愛いレイン』でいてやろうと、決意を新たにするのだった。


——数日後、刹那の方から抱かれにきた時は本当に驚いた。

「ごめん……ごめん、レイン。好きだ。可愛い人。お願いだから、一回だけ、何も言わず、目をつぶっていてくれたらいいから……」

何やら思いつめた顔で、俺が何かしようとすれば辛《つら》そうにするものだから大人しくする。

しかし俺の上に跨《また》がって自ら受け入れようとした刹那の顔が、痛みに歪んだのを見て、すぐに体勢を逆転させた。

「だめだレイン、唇は、好きな人に——」

逃げようとする刹那の顎を摑《つか》み、念願だったキスを何度もしながらじっくり愛撫《あいぶ》する。

「刹那、嬉しい。ずっとこうしたかった」

緊張で固まった体を撫《な》でて宥《なだ》め、愛の言葉を囁いて、抱いた。

我慢が効かなかった自覚はある。痛くしてしまったという後悔も。

しかし、まさか朝になったら消えているとは思わなかった。

「……さすがにひどいんじゃないか？」

最悪なことに、この日を境に刹那は姿を消す。

どれだけ探しても見つからず、残されたベスも刹那の居場所に心当たりがないようで、途方に暮れた。

それから、刹那の手がかりを探し続けるも、何も得られなかった長い二年間が始まる。

「刹那。見つけた時は——覚えていろよ」

刹那が決めた誕生日を、刹那が不在のまま迎え、二十歳になった俺は心に固く誓った。

一人で悩み、暴走し、消えてしまった愛《いと》しい人。

捕まえたら、二度と逃さない。

——刹那だけが俺が愛する唯一であり、添い遂げる家族だと、理解させてやる。

番外編　719号に献身

「怪しいな……」

『怪しいですね……』

俺とベスは今、カラオケ店の個室にいた。ガラス扉の向こうに現れた人物に、顔を見合わせる。

身なりは、テーラーで仕立てたらしい上品なグレーのスーツ。スマートフォンを取り出して部屋番号を確認している動作にも気品が見て取れる。おそらくは三十代後半程度の男だろう。

しかし、その顔はサングラスとマスクで厳重に隠されていた。

今日の気温は三十一度。俺はもちろんラフなTシャツを着ていて、ベスも夏羽だ。

男の正装もサングラスもマスクも、見ているだけで暑そうだった。

このカラオケ店は薄暗い。サングラスをかけていると、ほとんど何も見えないだろう。

怪しい。怪しすぎる。

「お、入ってくるみたいだ——ということは、やっぱりあれが、719号の引き取り希望の人か」

『そのようですね』

「……というか俺、多分あの人知ってるな……」

改造人間の育成で忙しい俺とベスが、揃《そろ》ってカラオケ店にいるのは、理由があった。

歌うためではなく、人に会うためだ。リーズナブルで個室ならなんでもよかったが、俺の体が今は十九歳なので居酒屋は憚《はばか》られ、カラオケ店を待ち合わせ場所に指定した。

——719号を引き取りたいという、匿名の申し出があったからだ。

改造人間719号。

『正義の味方』によって生み出され、現在は俺の元で社会に出るための訓練を受けている、改造人間の一人である。

『悪の組織』が預かっていた719号の身柄を密かに引き渡してもらい数週間経《た》った頃、ポストに消印のない手紙が入っていた。

それには、719号を引き取りたいという旨と、いかにも使い捨てらしいフリーのメールアドレスが書かれていた。連絡してみたところ丁寧な返信があり、今日ここで待ち合わせることになったわけだ。

改造人間は、表立った存在ではない。総勢四百人の面倒を見続けることは不可能なため秘密裏に里親を探してはいるが、719号という個人を知っている者は、非常に限られているはずだった。

だから一体何の陰謀なのかと、警戒してベスとともに来てみれば、これだ。

「あー……Xさん？」

「ハ、ハイ……」

「……犬飼誠司《いぬかいせいじ》さんですよね……『悪の組織』資材管理部の……」

「えっ!?　どうして……」

現れた人物に、俺は見覚えがあった。

犬飼誠司。三十七歳。

【異能】は『気温操作』ランクA、周囲数メートルの気温を、マイナス三十度から八十度くらいの範囲で自由に変化させられる能力。

何を隠そう、かつて総統だった頃の俺が勧誘し、『悪の組織』の資材管理を任せていた男だ。

犬飼は、組織が裕福になってからも、今の部署が性に合っているからと昇進を断っていた。おそらく、今も変わらず資材管理部長の地位にいるのだろう。

人事的には困ったが彼の管理と采配に間違いはなく、貧乏だった時代から大いに助けられたものだ。

そして、犬飼ならば719号を知っていることにも納得がいく。

719号が『悪の組織』の管理下にあった間、面倒を見ていたのが、この犬飼誠司だとレインから聞いていたのだ。改造人間の扱いは資材だったらしい。

匿名で会いにきたにもかかわらず、名前を言い当てられて驚いた犬飼。更に、俺の膝の上でふくふくと丸くなっているベスを見つけ、目を見開いた。

「そこにいるのはもしや〝暁《あかつき》の神鳥《しんちょう》〟では……？」

「鳥違いです。世の中、似た鳥は沢山いるので」

「いないと思いますが……その雑な誤魔化し方、昔の上司を思い出します」

「似た誤魔化し方の人も、沢山いるので。とりあえず、お掛けください」

「はあ……」

元悪の総統の俺が、姿も年齢も違う改造人間となって『正義の味方』にいるだなんて、普通は誰も想像できない。雑な誤魔化しで十分だった。

犬飼は身元がバレたことでサングラスとマスクを外し、大人しく対面のソファに座った。

うさんくさい変装は、『悪の組織』の構成員が『正義の味方』に会いにきたのであれば当然のものだった。

だが問題は、なぜそこまでして719号を引き取ろうと思ったのかだ。今回は俺たちだったからよかったが、719号を餌に罠《わな》に嵌《は》められてもおかしくない状況だった。犬飼は、そこまで軽率ではなかったはずだ。

「犬飼さん。まずは、719号の面倒を見ていただいたことに感謝を。それから単刀直入に伺いますが、なぜ719号を引き取ろうと？」

「はい、結論から申し上げると、私は彼を養子として後見人になり、社会への参加を手伝いたいと考えています」

「ふむ」

三十七歳の彼が、外見的には二十歳程度の719号を引き取るというのは、妙な親近感が湧いた。

俺とレインに近い歳《とし》だからだ。

しかしだからこそ、苦労もよく知っている。

719号は、弱いとはいえ爆発を起こすという、攻撃系の【異能】だ。

それに、精神も引き取って以来ぐんぐん育っているとはいえ、まだ五、六歳くらいでしかない。未だに家ではよく【異能】を暴走させている。昨日も台所の窓ガラスを割っていた。

「私は彼を育てる準備があります。もしかすると、ご存じかもしれませんが、私の【異能】は気温を操ることです。彼の【異能】は爆発系。ランク差もありますから、抑え込む自信があります」

「ふむ」

確かに、犬飼は前線に立つ機会は少なかったが、後方に攻め込まれた時はその【異能】で資材を守ってくれていた。判断が早く、発動までのタイムラグもほとんどない。犬飼なら、719号を傷つけずに無力化することも容易だろう。

「ほか、資産等についての資料はこちらにまとめてあります。一軒家に引っ越したため、彼のプライベートも十分に確保できます。新居の近所には各種医療機関や公園も――」

「待て待て待て、話が早い上に美味《うま》すぎる。引っ越してまさか719号を引き取るために？」

「もちろんです。人間一人引き取りたいと申し出る以上、最低限の誠意だと考えます」

犬飼の目は本気だった。

何がこの男をそこまで突き動かすのか、予想がつかない。

警戒すべきは719号を痛めつける目的の場合だ。だが俺も犬飼との付き合いは長いから、彼が弱者を食い物にしたり弄《もてあそ》ぶタイプではないと知っている。

むしろランクAの能力者と思えないほどに、犬飼は謙虚だった。仕事に対しても誠実で、素行にも問題はない。

給料もあまり使ってこなかったのか、見せられた通帳には中々の金額が印刷されていた。

「――そこまでして、なぜ719号を？　面倒を見ている間に、情でも湧きましたか」

「……まさしくその通りです。私は彼を愛してしまいました」

直接聞いてみたら、意外な返事がきた。まさか愛という言葉を使ってくるとは。

「ふむ……」

『さすがにいけませんね』

（そうだな、ベス）

ベスの鳴き声に、目線で頷《うなず》き返す。

愛は自由だとは思うものの、まだ六歳前後の精神しか持たない719号と、三十七歳の成人男性の仲を認めてやることは難しい。俺も人のことを言えるような立場ではないが、レインに恋をしたのは一応、あの子の幼さがなくなってからのことだし、性的対象として見たのは成人してからだ。

俺には、719号の監督者としての責任がある。体が育っているだけで心は幼いあの子を、よくない男の元へ送るわけにはいかない。

この話はこれで終わるはずだった――しかし、犬飼の話には続きがあった。

「ナインは――ああ失礼、719号だと味気がないためナインと呼んでおりまして――あの子は、昔飼っていた猫ちゃ……猫に似ていまして」

「猫に」

「はい。あ、写真見ますか」

「あ、じゃあ、せっかくなので」

頷くと、犬飼はブリーフケースからアルバムを出してきた。

この時代に、アナログのアルバムを持ち歩いているのか犬飼。

開くと、確かに719号に似た、明るい茶色の毛並みの猫が写っている。

ぐでーんと腹を出す姿、ご飯を食べる姿、抱き上げられて腕を突っぱねている姿、腕にしがみついて離さない姿――。

「可愛《かわい》いですね」

「はい……彼女を失ってから、私はひどいペットロスに苦しんでいました」

「それはご愁傷様です。いつ頃に……？」

「五年ほど前になります」

「あー……」

確かに五年ほど前、犬飼がものすごく落ち込んでいるのを見て、飲みに誘ったことがあった。といっても、犬飼は猫好きだと噂《うわさ》で聞いており、喜ぶかもと猫カフェに誘ったのだ。

だが、猫カフェの「ね」の音を聞いただけで、犬飼は泣き崩れた。

あの頃、愛猫を失ったばかりだったのか。気の毒なことをした。

「申し訳ないことを……」

「え？」

「いや……ところで、なぜそれで719号を引き取ることに……？　彼はご存じの通り、猫じゃないのですが……」

問いかければ、犬飼はひどく真面目な表情で、姿勢を正した。

「話せば長くなりますが――私は彼のことが猫ちゃんに見えるのです」

「一言で終わりましたね」

「もっと語ってもよろしいのでしたら……その、愛猫の生まれ変わりとかではなく、ナインくんそのものが、可愛い猫ちゃんに見えていまして」

「ふむ。可愛い猫ちゃんに」

ふむと言ってみたが、今のところ理解はできていない。だが、犬飼はひたすら真《ま》っ直《す》ぐな目をしていて、嘘《うそ》をついていないことだけはわかった。

「この先、彼の人生を見守って、可能な範囲でお世話をさせていただきたい。その対価として、進学や生活や娯楽資金の援助がしたいのです」

「ええと……対価として、こちらがお金を渡すわけではなく？」

「いいえ。私が、ナインくんにお支払いしたいのです。必要な金銭はもちろんのこと、適切な額のお小遣いなども課金……貢……お渡しさせていただければと」

犬飼は至って真面目にこぶしを握って語る。

態度が真っ当なだけに、逆に混乱してきた。

719号──ナインの世話をさせてほしい、その代わりお金も払うとは。

「生活の面倒というのは……風呂やトイレなどを……？」

何か特殊な性癖を満たすつもりなのかと聞いてみたが、犬飼はぶんぶんと首を振る。

「まさか！　彼は人間でしょう。プライバシーは保証します。あくまで食事や共有部分の掃除など、健康に生活するためのお手伝いをさせていただきたいだけです。あっもちろん、ナインくんがいずれ独り立ちしたり私に何かがあったとしても生きていけるよう、生活に必要なことは教えていきたいと考えています」

「……それで、あなたに何のメリットが？」

「猫ちゃんと暮らせること以上のメリットはありませんよ!!」

「力強い……異様な説得力……でも言ってる意味がわからん……」

どうやら犬飼は理性の上ではナインが人間だとわかっているが、それはそれとして猫としても認識しており、しかも猫にめちゃくちゃ尽くしたいようだ。

ちらりとベスを見ると『まあたまにこういう人間いますよね……』という顔をしていた。

いるもんなんだな……。

俺はあまり人と深く関わってこなかったから、ディープな人間についてはベスに聞くに限る。

害はないのか、と目で問いかけるとベスは頷いた。

それならば、とりあえずはいいだろう。

「ええと……繰り返しになりますが、彼は猫ではありません。人格があり、これから更に芽生えていきます。今は外見に反した幼さを持っていますが、成長すれば普通の成人した人間と変わらなくなりますよ」

「もちろん理解しております。ナインくんには人間として自由に過ごし、成長していただきたいです。喋《しゃべ》ってくれたら嬉《うれ》しいし、黙ったり無視しても、カーテンを引き裂いたり反抗期で家の壁に穴を開けたりしても猫ちゃんのすることは全てご褒美なので全く問題ありません。彼が見た目相応に成長しても変わらずに内心で猫ちゃんとして愛《め》で続け、それでいて表向きは理性的な保護者として振る舞える自信があります。しかし、言葉だけでは信用できないのは理解しております」

「澄んだ目でノンブレスって怖いな……」

ランクAに相応《ふさわ》しい肺活量で力説する犬飼の目に曇りはないが、逆に曇りがあってくれとすら思う。

誰にも迷惑をかけない正気の狂人を前にするのは、三十八年の人生で初めてだった。

誰にでも迷惑をかける正気の狂人ならモリノミヤで慣れているんだが。

「ナインくんを引き取るにあたって、いくつか書類をご用意いたしました。司法書士を通して作成したもので、私はこの全てにサインする準備があります」

犬飼はしずしずと書類の束を出し机の上に乗せた。

ドサリと重い音とともに、五センチメートルほどの紙の山が俺の目の前に作られる。

「まずこちら。全財産の五割を別の口座に移し替え、ナインくん名義にして通帳と印鑑をあなたにお預けいたします。これは本日付けでナインくんに譲渡したものとし、いつかナインくんが独立した時や、仮にうちに来た翌日にあなたの元へ戻ることを希望した場合でも、返還は不要です。次に、実際にうちに来ていただいた場合の生活計画はこちらの書類に。ナインくんとあなたは毎晩オンライン通話で定期連絡、週一で直接面会するものとし、これを五年ほど続け、私を信用できると思っていただければ定期連絡を週一にし面会は二週間に一度に――といった内容で、更にナインくんの権利と安全についてはこちらの書類です。ほかにも――」

「読む、読むからとりあえず息つぎをしてくれ。飲み物でも注文して、少し落ち着いてほしい」

「……失礼しました。これでも抑えてはいたのですが」

「抑えていてこれなのか……」

「……ハッ！　もちろん、ナインくんの前では紳士的に振る舞ってみせますよ。猫ちゃんは構いすぎるとよくないので。猫ちゃんにストレスを与えないことだけはお任せください。その根拠と対策と違反した場合の対応についてはこちらの書類に」

「読む、読みますすぐに」

犬飼をステイさせ、総統時代に培った拾い読み速読でざっと目を通す。

どう読んでも、驚くほどナインに有利で犬飼に不利な内容だった。

書類の内容は極力シンプルにしてあり、それでいて落とし穴がないように書かれている。

しっかり読み込む必要はあるが、一読した感じだと疑わしい箇所はない。

「……どうしてここまでしてナインを？　適切ではない言い方かもしれませんが、他の猫を迎えるという選択肢もあったのでは」

俺の言葉に、犬飼は目を伏せ俯《うつむ》いた。

「……前の猫を亡くしたあと、二度と新しい猫と過ごすことはないだろうと思っていました。喪《うしな》う悲しみに一度すら耐えられず、喪に服して五年――そんな時に出会ったのがナインくんです。彼を見た時、運命のようなものを感じました。ご縁と言いますか」

「縁、ですか」

「はい。眠る彼の世話をするうちに、前の猫と過ごした日々を思い出しました。それは幸せな思い出ばかりだったのです。私はようやく、涙に暮れたこの五年間は、弱っていく彼女のことしか思い出せていなかったと気がつきました。――ナインくんという猫ちゃんを通して、私は彼女と過ごした幸せだった時間を思い出し、前を向くことができるようになったのです。だからこそ、彼のお世話ができなくなった時は悲しく、街で偶然あなたを見つけた時にわずかな手がかりでもあればと尾行しました。辿《たど》り着いた家でナインくんを見つけた時は、神か悪魔が与えてくれたチャンスだと思いました」

「尾行とか消印のない手紙は普通に怖かったから今後はやらないでほしい……」

「その節は大変失礼しました。あの時は無我夢中だったのです……」

前触れなくポストに投函されていた、XXと名乗る犬飼からの消印のない手紙。

恐る恐る開ければ『あなたのことを知っている』と書かれており、怖すぎてベスに相談したほどだ。

正確には『悪の総統ビルで働いていて719号の事件とともに消えたあなたのことを存じています。なぜ719号と暮らしているかはわかりませんが、彼の身柄を預かっている方と話がしたいので取り次いでいただけませんか』という内容だったようなのだが、よほど急いで書いたのだろう。

『あなたのことを知っている。責任者、連絡を求む』だけだったから、テトロさんにでも取り次げという内容なのかと戦々恐々とした。

「――ちなみに、返事はいつまでに出せば？」

「急ぎません。これまでの行いから信じていただけないかもしれませんが、ナインくんが元気に過ごしていることさえ時折お知らせいただければ、いつまででもお待ちします。ナインくんにも今の生活や様々な事情があるでしょうし……たとえ断られたとしても、危害を加えることは決していたしません。その旨の誓約は一番下の書類に――」

「書いてあったな。まあもう少し話を詰める必要はあるが、とりあえず俺らとしては納得しました。……あとは最終審査だな」

ベスも同意するように美しく鳴いた。

「最終審査？」

「719……いや、ナイン。おいで」

「!?」

部屋の隅に取り付けられた監視カメラの方へ呼びかけると、少しして個室の扉が開く。入ってきたのは話題の中心だった当人、719《ナイン》号だ。

ふにゃりと笑いかけるナインを見て、犬飼が目を見開き仰《の》け反《ぞ》る。

「なななナインくん!?」

「この部屋のカメラにちょっと細工して、隣の部屋でナインに全部見てもらっていました。音声も全て聞いていています。」

「ナインくんっ、元気そうだねっ！　ご飯もちゃんと食べてるのかな、私といた頃よりふっくらして健康的になって、上手に歩いていて、よかった……本当によかった……」

「な、泣いてる……」

「おじさん、ひさしぶり」

俺とベスの横にも空いている席はあったがナインは犬飼の隣に座り、目元を潤ませる男の膝にごろんと寝そべった。

「にゃん」

「〜〜〜〜っ!!」

感極まった犬飼が自らの手で口を塞ぐ。

ナインは膝の上でマイペースにごろごろと動き、心地よい角度を見つけたのか止まってくつろぎだした。

家でもナインはそういう風に過ごすことがあった。だが相手は座布団などで、人の膝でくつろぐところは初めて見る。

改造人間は精神的には幼いが、難しい話でも理解できるほど、知能は問題ない。

全てを聞いた上でこの態度ということが、ナインからの答えなのだろう。

「じゃあ、とりあえず来週からお試しってことで……」

「来週から!?　この天使と!?　いいんですか!?」

「ナインだよおじさん」

「ナインくん……」

「しおからい」

「だ、だめだよ涙なんて舐《な》めちゃ……!!」

興奮した犬飼がボタボタと涙を流し、頬《ほお》に落ちてきたそれをナインが舐めた。

するとすぐさま犬飼は、高いスーツが濡れることも構わず腕で顔を覆い、仰け反ってナインから遠ざかる。だが、ナインがくつろぐ膝は揺らしもしない。

犬飼の膝でふにゃふにゃ、ごろごろとくつろぐナインは、家にいた頃よりずっとリラックスしている。

ナインは家に来てからはよく、『停止状態の自分に毎日声をかけ散歩に連れ出してくれたおじさん』の話をしていた。それが犬飼だったのだろう。

「犬飼さん。ナインを傷つけず、尊重し、大切にすると誓えますか？」

「もちろんです!!」

「ううん。それ、ちがう」

とりあえずお開きにしようと、この場での最終確認をすれば、ナインがふるふると首を振った。

おとぎ話に出てくる猫のようにニンマリ笑い、感極まって紅潮している犬飼の頬に頬を擦り寄せる。

「ぼくが、しあわせにする」

「……そうか。頑張《がんば》れよ、ナイン」

「うん」


——それから、お試し期間を経て両者合意のもと、719号は犬飼ナインとして籍を取得した。

成長を続けるナインに犬飼は手を焼くこともあるようだが、それさえも嬉しいという手紙が定期的に届く。

ナインは手紙を書くのが面倒くさいと、しょっちゅう家に顔を出す。しばらくして迎えにくる犬飼に、いつもとても嬉しそうな笑顔を向けるのだった。

番外編　刹那に知った恋

「レイン、十歳の誕生日おめでとう～!!」

小学校から帰宅するなり、大きな破裂音とともにクラッカーの中身が降り注いできた。

空になったクラッカーを後ろへと雑に放り捨て、ジーンズのポケットから第二弾を取り出している男は阿僧祇《あそうぎ》刹那《せつな》。俺の養い親だ。

刹那の頭上に座り、こちらを見下ろしてくるのは、刹那の相棒であるベスという鳥。

「あれ、驚いていないなレイン」

「予想はできていた。帰宅時にクラッカーで出迎えられるのは毎年のことだ」

「おお、覚えていてくれたんだな！　来年も再来年も楽しみにしてろよ！」

「……わかった」

俺が靴を脱ぎながら頷《うなず》くと、刹那は満面の笑みで第二弾のクラッカーを鳴らした。

降り注ぐ紙吹雪と、火薬の匂い。そして脳裏に焼き付く、刹那の笑顔。

刹那に拾われてから今年で五年目。五歳以前の記憶がない俺の誕生日とは、拾われた日のことだ。

毎年祝おうとしてくる刹那に、一年目は不要だと告げた。二年目は困惑した。三年目からは、素直に楽しむようになった。刹那に裏がないとわかったからだ。

俺は五歳の頃から言語などの知識は大人顔負けなほど備わっており、反面、子どもらしい可愛《かわい》げはない。

だが刹那は俺を普通の子どもの様に扱い、喜びや楽しさを味わわせてきた。人生にはこういう経験も大切だろうから、と。

「今年のプレゼントはレインが欲しがっていたものだぞ～なんだと思う？」

刹那はランドセルを背負ったままの俺を、両手で抱き上げた。その際、足もとが少しよろける。無理もない、刹那は少し貧弱だった。体を鍛えてはいるが【異能】が低ランクのためか、筋肉はあまり厚くならない。頭にベスを乗せているのもあって、バランスが取りにくいようだ。

それでも、刹那はしっかりと踏ん張った。危なかったな、と苦笑する刹那に、俺は首を横に振ってみせる。

この男が抱き上げた以上、俺を落とすことは決してない。それだけの信頼があった。刹那が俺に五年間与え続けた献身が根拠だ。

俺が成長を続ける以上、いつか限界は訪れるだろう。だが、それは今ではなかった。

（刹那……俺は、この男が欲しい）

俺は無意識に、刹那の肩に指を食い込ませていた。「やっぱり揺れて怖かった？」と顔を覗《のぞ》き込んでくる刹那を、視線で貪る。戸惑われても構わずに。

刹那が欲しい。それは年を重ねるごとに、形を得ていく衝動だった。あるいは、出会った時から持っていた感情なのかもしれない。未知という殻に包まれていたそれには日に日にヒビが入り、中身が溢《あふ》れ出しそうになっていく。

この気持ちをなんと呼び、刹那をどうしたいのか、俺にはまだわからない。

ただ、欲しいという思いだけは強くあった。

「刹那」

「うん？」

「刹那が欲しい」

俺の言葉にピンとこなかったのか、刹那は「ん？」と首を傾《かし》げた。その頭上で器用にバランスを取ってくつろぎ続けるベスが、美しい声で鳴く。

「フルルル……」

「ああ、プレゼントクイズの回答か！　ありがとベス。……って、プレゼントに俺？　あははは、残念、外れだ。俺なんてもらってどうするんだよ」

俺の言葉は刹那の笑いのツボにハマったようで、「プレゼントは俺って、新婚さんみたいだな」と爆笑しながら、背中をぽんぽんと叩《たた》いてきた。

これは俺が五歳の頃から変わらない、あやす仕草だ。どうやら全く、本気と思われていないらしい。

刹那はついでのように、靴下を履いたままの足で器用にクラッカーの残骸を拾い上げ、玄関のゴミ箱に捨てていた。俺を抱え、ベスを頭上に乗せているのに、器用なものだ。

俺は感心していたが、ベスは憤った様子で「クルルル！」と鳴いた。

この鳥の言葉を理解できるのは世界中で刹那だけだろう。だが今、何を言っているのかは俺でも想像がついた。おそらく、行儀が悪いと叱《しか》っているのだろう。

刹那は効率を重視するあまり、足癖が悪いところがあった。『悪の組織』の総統として人前やテレビに出る機会も多いのだから振る舞いには気をつけなさいというのが、刹那の翻訳によるベスの談だ。

刹那は苦笑し、「いいじゃん誰も見ていないんだしさ……レインはこんなこと真似《まね》しないよ」と、クルクル鳴くベスと会話をしながらリビングへと向かった。

リビングの引き戸を開ける前から、いい匂いが漂ってくる。おそらくケーキと料理だ。

「今年も刹那が作ってくれたのか？」

「もちろん！　今年のも中々の出来だぞ」

「楽しみだ」

刹那は祝い事があるたびに、ケーキやごちそうを作ってくれる。

多忙な仕事の合間を縫ってわざわざ自作するのは、俺もベスも市販品をあまり好まないからだ。

俺は甘すぎるものが好きではなく、ベスは祝いの席に自分が産んだもの以外の卵が並んでいるのが気に入らないという理由の違いはある。そんな俺たちのために、刹那はケーキや料理を自作することを厭《いと》わなかった。

刹那が引き戸を足で開けると、四人がけのテーブルを埋め尽くすほどのケーキと、完成のタイミングを帰宅に合わせてくれたらしく湯気を立てる料理が現れた。

豚肉と野菜のオイスターソース炒《いた》め、なすの煮浸し、あさりのバター醬油《しょうゆ》、フライドチキン、牛肉とごぼうの炊き込みご飯、ゴロゴロ野菜のクリームシチュー、チューリップ唐揚げ、丼で作った大きな茶碗蒸《ちゃわんむ》し。並べられた料理の中央に位置するのは、甘酸っぱいベリーのムースケーキだ。

「これは……すごいな」

「ちょっと作りすぎたかもな。でも好きなものばかりだろ、気に入ってくれたか？」

ケーキは店売りと遜色ないほど綺麗《きれい》にできていた。そして料理はどれも、この一年間で食卓にのぼり、俺が特に気に入ったものだ。

食事への感謝はいつも告げているが、好みを伝えたことは一度もない。多忙な刹那が用意してくれるだけで、どんな食事でも嬉《うれ》しく、ありがたかったからだ。刹那も聞いてくることはなかった。

だが誕生日には必ずこうして、俺が気に入ったものだけの食卓が用意される。

——いつからだろう、この瞬間に喜びだけでなく、刹那が欲しいという衝動が凶暴に吠えるようになったのは。

だが、刹那に養われるばかりの今の俺にできることは少ない。

俺は刹那の首に両腕を回し、そっと抱きしめた。

「嬉しい。ありがとう、刹那」

「喜んでくれて嬉しいよ。どういたしまして、レイン」

「ベスも、卵をありがとう」

「クルルルル」

見上げると、ベスと目が合う。ベスはゆっくりと目を細め、クチバシで俺の髪をぐしゃぐしゃとかき回した。これは撫《な》でているらしい。翼で撫でられることもあり、ベスの気まぐれで使い分けられる。

「さ、手洗いとうがいしておいで」

「わかった」

刹那の腕から下ろされ、洗面所へ向かう。ドアを開けながら振り向くと、刹那とベスは鼻歌を口ずさみながら、取り皿やケーキ用のロウソクを用意していた。

刹那とベスと俺の、世間からすると奇妙な一家。だがここには一般的な幸福があった。刹那が方針を決め、実現してくれた光景だった。

——それでいて、刹那は俺の特異な部分を否定はしない。五歳の時点でとっくに小学校の範囲を飛び越えた知識を持っていた俺に、飛び級の道も示してくれた。

現在の日本《にほん》に飛び級制度はないが、『悪の組織』の総統である刹那なら、それさえも変えられる。

歴代最弱の無能総統と言われてはいるが、世界を二分する組織の総統の権力は弱くないと教えてくれた。

正直なところ、早く大人に——刹那に並べることは魅力的だった。しかし俺はランドセルを背負って小学校に行く道を選んだ。

理由は二つ。俺の成長を刹那が喜ぶためと、小学生は学生の中で最も早く家に帰れるためだ。刹那の帰宅が遅くなる日は、幼い身であることを理由に、『悪の組織』の本部まで行って仕事中の刹那を眺めながら待っていることもできる。

とことん俺の世界は、刹那を中心に回っていた。

だが無理もないだろう。

刹那に連れられて色んな場所に行き多くの人間に会ったが、俺が偉大だと思った人はたった一人だ。

刹那は優しく、時に厳しく、弱いのに、強い。

歴代最弱でありながら下剋上《げこくじょう》は上手《うま》くかわし続け、『悪の組織』の総統に君臨し続けている。

燃え盛る炎から生を厭《いと》う鳥を引っ張り出して相棒にし、山で拾った奇妙な子どもを養子にした。

そして、告げていない俺の好みに、敏感に気づいてくれる。……ただ一点、俺の中にある、まだ自分でも理解できていない感情を除いて、だが。

刹那の深い愛情を間近で向けられ続け、尊敬しない人間はいるのだろうか。そして、尊敬だけではないこの気持ちは何なのだろうか。

「改めて……レイン、誕生日おめでとう～!!」

手を洗ってリビングに戻ると、三回目のクラッカーに出迎えられた。

再び目に焼き付く、刹那の笑顔。毎年向けられる、変わらない慈愛。

心臓が強く脈打った。言語化できない感情で胸がいっぱいになり、ざわつく。

この気持ちが何なのか、今はまだわからない。だが、いずれはわかる日が来るだろう。おそらくは、あまり遠くない未来に。不思議とそんな確信があった。

だから今は、素直に喜んでおく。

「刹那、ありがとう」

「おっと感動のピークにはまだ早いぞレイン！　ほら、プレゼント。開けてみな」

「ッ、『異能図鑑』……!?　高価《たか》かっただろう」

包装紙を丁寧に剝いで現れた本に、俺は驚いて刹那を見上げる。

「うっ財布事情を見せすぎたか……!?　レインがそんなこと気にしなくていいの。最近は新しい事業も軌道に乗ってきたし、大丈夫」

大きく温かい手が、気にするなと撫でてきた。

『異能図鑑』は、フルカラーの大判図鑑だ。世界中で確認された異能の八割ほどが掲載されている。一般向けの書籍の中では最も詳しい本ではあるが、値段は一万二千円と、非常に高価だ。

刹那はなるべく隠そうとはしているが、この家には金がない。

『悪の組織』は大きな組織だが、刹那が総統に就任して以来めぼしい戦果がないため、総統には給料がほとんど入ってこないようだ。『悪の組織』にも金があるとは言い難く、数年前に刹那が建てた本部ビルは外観はそこそこだが内部は安普請で、水漏れなどのトラブルが多発している。

ベスの卵を売ればまとまった金にはなるのだが、過去に何度か売った結果、ベスが商品に見られるのが嫌だという理由で辞めてしまった。ベスも、他人に卵を渡すのはあまり好んでいないらしい。

そんな懐事情の中でも、刹那は俺には金を惜しみなく使った。

その代わりに、自身の娯楽は二の次にして倹約に努めている。

俺は、刹那が無類の紅茶好きだということさえも、モリノミヤとかいう不審者が家に遊びにきた時、手土産に持ってきたことで初めて知ったくらいだった。

——それなのに、俺ばかりここまでしてもらっていいのだろうか。

確かに俺は、この図鑑が欲しかった。口に出したことはないが、おそらくテレビでの紹介などに関心を向けていたことから、気づかれたのだろう。

『異能図鑑』には、異能を利用した道具や技術なども掲載されている。【異能】の様々な可能性に、俺は好奇心がくすぐられていた。いずれ『悪の組織』の総統になるのなら、役に立つだろうとも思っていた。

だがこの図鑑を買わなければ、刹那は大好きな紅茶を飲むことができたはずだ。

「……レイン」

図鑑を見下ろしたまま固まってしまった俺の肩を、刹那はそっと抱き寄せた。

「そんな暗い顔するなって。誕生日プレゼントを決めて買うのは、俺の幸せでもあるんだよ」

「刹那の……？」

「うん。プレゼントを図鑑にするって決めてから、お前が喜んでくれるかなとか、お前がそれを読んでいる姿とか想像してさ、毎日ずっと楽しかった。もちろん、レインが読むかどうかは自由だよ。それはもうお前のものだから、お前の好きにしていい。でも俺はこれからも毎日、レインは読んだかなとか、気に入ったページはあるかなとか想像するんだ。それが俺の数少ない娯楽なんだよ」

「娯楽？　想像だけなのに？」

「そう。レインへのプレゼントだから、レインが喜ぶものを選んだつもりだけど、俺は……もらうより、あげるほうが好きなんだ」

刹那の言葉が一瞬だけ詰まった。その表情は、抱き寄せられた角度のせいでよく見えない。

だが、言葉に嘘《うそ》はないとわかった。誤魔化しではなく、言いくるめでもなく、刹那は心から、贈る方が好きなのだと言っているようだ。

「それなら……もらう。ありがとう、刹那。毎日読む。気に入ったページがあったら話してもいいか？」

「ああ、楽しみにしてる!!」

刹那が笑う。満面の笑み。

その表情に嘘はない。

――だが、全てを明かしているとも思えなかった。

自分が刹那にとって、頼れる存在でないことがもどかしい。

だから俺はこの日、心に一つ決めた。

（いつか、刹那の望みを全て叶《かな》えられるようになろう）

大人になりたい、と思った。

刹那が悲しまない程度にゆっくりと、しかし置いていかれないように駆け足で。

俺は新たな決心を胸に、十歳の誕生日を満喫するのだった。

絶品のごちそうと甘さ控えめのケーキ。そして刹那とベスという家族。

俺の十歳最初の日は、例年と変わらない、最高の誕生日になった。

＊＊＊

誕生日の翌月のこと。

「んが……むにゃ……」

小学校から帰宅すると、昨日から帰っていなかった刹那が、ソファの上で眠っていた。

広くはないソファに仰向《あおむ》けで手足を広げて寝そべっているせいで、片手と片足がはみ出ている。今にもずり落ちてしまいそうだ。

更に、シャツの裾がめくれて、腹があらわになっている。引き締まっているが薄い腹筋には、日々の業務中についたらしい火傷《やけど》や打ち身などの小さな傷がいくつもあった。

腹を見ていると、なぜか急速に喉が渇いた気がして、ゴクリと空気を呑《の》む。刹那とは一緒に風呂に入ったこともあり、腹など何度も見てきた。だが今は急いで視線を逸《そ》らす。

その先にあったのは、よだれを垂らしながら呑気《のんき》に眠る顔。なぜだか、より強く喉が渇いた。

「刹那、ここで寝るな。ソファで寝ると腰を痛める」

とりあえず、揺らして起こすことにする。

刹那の服装は昨日の朝に見たままで、少し薄汚れていた。どうやら徹夜明けに着替える気力もなく、力尽きてここで寝たらしい。

「んんん……？　レイン、おかーりー……」

「ただいま。刹那、寝るならベッドまで……刹那？　……また寝たか」

刹那は一瞬だけ目を開けると俺の頭をぽんと撫で、再び寝息を立て始めた。

ベスを呼ぼうかとも考えたが、台所で食事を作っている音がする。ベスの料理なら卵が入っているだろうから、狭いソファで寝てもすぐに回復するだろうと思い直した。

（腹を冷やさないように、何かかけておくか）

俺は刹那の部屋に向かい、ベッドから毛布を引き抜いた。ベスから落ちたであろう赤い羽根を取り除き、運びやすいように小さく畳む。

「刹那、毛布……を………」

リビングに戻ると、あらわだった刹那の腹は覆い隠されていた。床に転がっていた座布団によって。

どうやら、寝ぼけながら自力でやったらしい。少しずれた座布団の端を、刹那の指が握っていた。

（無意識に自分を守ったのか。刹那は生き残る力が強いな）

そんな風に俺が、何気なく感心した瞬間のことだった。

「…………っ!!」

ドクン、と心臓が跳ねる。頭が煮え立つ。

ひどく喉が渇いた。刹那に近づこうとして、足を止める。

今、一歩踏み出してしまえば、何かが壊れる気がした。

俺が、壊してしまう気がした。

刹那に何か、取り返しがつかないことをしてしまう。そんな確信があった。

気がつけば俺は毛布を投げ捨て、自分の部屋に駆け込んでいた。頭から布団を被《かぶ》り、心臓を押さえて震える。

時間が経《た》ち、目を覚ました刹那とベスが夕飯に呼びにきても、寝たフリを貫いた。今は、刹那の顔をまともに見ることができなかった。

未知という殻が破れ、凶暴な感情が胸を満たす。それは、今まで俺の中に存在しなかったのが不思議なほどに、心に馴染《なじ》んだ。

(刹那は、あんなにも貧弱で、異能も弱い。それなのに、どうして――)

顔が熱かった。息が荒い。俺は、ひどく興奮していた。

(どうして、勝てると思えないんだ。刹那はきっと、俺が本気で向かったとしても、殺す気でやり合ったとしても、俺に負けることはない)

まるで体験したかのような、奇妙な確信。

心臓の音がドクドクと、耳の中で反響する。

(ああ……俺だけがあの人に勝ちたい。俺だけがあの人を守りたい。俺だけが――愛されたい)

それは独占欲。それは征服欲。それは支配欲。それは依存心。それは渇望。それは信仰。

未知だった感情は、明確な形になっていく。

あまりにも凶暴なそれらを、俺はまとめて一つの言葉に定義した。

(恋だ。これは、刹那への恋)

刹那が欲しい――その言葉を誕生日に口にすることは、おそらく二度とない。

俺が子どもである限り、本気だとわかれば刹那は逃げようとするだろうから。

恋をしたのが俺の方であっても、あの人は責任を感じて身を引こうとするだろうから。

刹那を決して逃さないために、確実にあの人を手に入れるために、俺は自覚したばかりの感情を隠すことに決めた。

——大人になるまで、あと十年。

長い生殺しになるだろう。だが、刹那から離れる気は毛頭なかった。

寂しがり屋なあの人から、家族を奪うつもりはないから。

俺は以降、どうやったら彼の養い子のまま、穏便に恋人になれるかを考えながら眠りにつくのが、日課になるのだった。

番外編　最愛のケーキ

俺、阿僧祇刹那《あそうぎせつな》は、実はケーキが大嫌いだ。見るだけで吐き気を催すくらいには。

——刹那、ケーキが焼けたよ。

俺がおかしくしてしまった両親が、泣きわめく赤ん坊を無視し、差し出してきたケーキ。恐怖に背中を押されるまま、無理やり口に詰め込み咀嚼《そしゃく》した経験がトラウマになっていた。

だが、それを知る者はおそらくいない。家族であるベスもレインも知らないはずだ。

俺は、今年で高校二年生になった養い子のレインを拾った日や、俺とベスが出会った日をそれぞれの誕生日として、毎年ケーキと料理でお祝いしてきたからだ。

なぜなら、祝い事といえばケーキだから。もちろんそれが全てではないだろうが、一般的によくある幸福を、彼らには味わってほしかった。ただでさえ特異な家族構成なのだから、できるだけ一般家庭らしくしたかったという理由もある。

そのために毎回、ケーキを拵《こしら》えては、できるだけ美味《うま》そうに飲み下してきた。

——そんな俺は今、想像もしていなかった光景を目にしている。

『レイン、上の棚の大きなボウルを取ってください』

「ベス、泡だて器がいつもの場所にないんだが知らないか」

『刹那が適当に片付けたんでしょうねえ。レイン、あそこのボウルですってば！　あの場所だと私のホバリングでは取れないんですよ』

「……何か取ってほしいのか？　これか？」

『重箱……まあ出しておきましょうか。ケーキが崩れた時はこれに詰めて誤魔化しましょう』

——高校の創立記念日で休みのレインと、毎日が休みのベスが、揃《そろ》いのエプロンをつけて台所に立っていた。

一人と一羽は俺に気づいていない。

俺は今日、仕事が一つキャンセルになった影響で、予定より数時間早く帰宅した。その際にいたずら心で、姿を消すことができる『隠匿』の【異能】道具を使い、忍び足で家に入ったのだ。

驚かせるつもりだったが、俺の方が驚いた。

彼らが俺抜きで並んで料理だなんて、前代未聞のことだからだ。

ベスはレインの言葉を理解しているが、レインはベスの言葉がわからないため、すれ違っているのがなんとも愛《いと》おしい。

(可愛《かわい》いな……動画撮りてえ……しかし、あの材料って……ショートケーキ、だよな多分)

カウンターに並べられているのは、薄力粉、グラニュー糖、バター、生クリーム、イチゴなど。それから銀のボウルの中に卵らしきものが見えるが、鶏卵なのかベスの卵かまでは判別がつかなかった。

(えっなんでケーキ作ってんの？　二人が作るケーキなら俺も食べたい)

今まではケーキという単語を思い浮かべるだけでも少しウッとなっていた俺だが、レインとベスが作るものなら話は別だ。

最愛の人と相棒が、初めて共同で作ったケーキなんて、そんなの――食べたすぎる!!

俺は今、大人になってから初めて、ケーキが食べたいと心から願っていた。できれば独占したい。

今すぐ乱入したいところだが、まだできあがっていないケーキを強奪はできない。焼けるまで待つべきだろう。襲撃するなら運搬中を狙うか。

（一体、誰のためのケーキだ？　レインとベスの知人で、直近が誕生日というと――）

脳裏を様々な人物の顔と誕生日が駆け巡る。

俺は残念ながら二ヶ月前に終わっていた。

自分の誕生日は毎年、外食と決めている。俺の好物だという理由で中華のコースだ。中華は好きだが、実のところケーキが出てこないというのが一番大きい。

しかし、今の俺は後悔していた。レインとベスにケーキを作ってもらえる可能性があるなら、お家《うち》ご飯にしておけばよかった。

（――モリノミヤ、今日が誕生日だな？）

レインとベスの共通の知人というと、選択肢は多くない。しかし一人、ピンポイントで当てはまる人物がいた。

俺が設立した『悪の組織』の内部調査機関、タスマニア支部の支部長モリノミヤだ。

俺の幼馴染《おさななじみ》にして、『天に二物を与えられたが品性を奪われた者』と称される有能な変態。

（俺は毎年プレゼントを手配しているし日付が変わると同時にメールを送っているが、レインとベスからは確かに何も……でもだからといって、モリノミヤにケーキを作るか……？）

モリノミヤは、あの変態にしては珍しくレインのことを可愛がっている。

レインが成長し戸籍を本格的に偽造することになった時、ヒュプノスという姓の名付け親になってくれたほどだ。

だがレインの方は昔からウザ絡みされすぎて、モリノミヤを煙たがっていた。

ベスは彼を嫌ってこそいないが、好いているほどでもない。ドライな関係だ。

（レインとベスがモリノミヤにケーキを作る理由なんてない……よな……？　だって俺にも作ってくれたことないのに……）

台所に並ぶ二人が、モリノミヤのためにケーキを作っているのだと思うと複雑な心境だった。

だが、そうであってほしいと考える自分もいる。

（……仮に、仮にだが、あれがモリノミヤ宛じゃなくて……俺の知らない、別の誰かに向けたものだったら、俺はどうするべきだ？　例えばレインの、高校の知り合いとか……）

想像だけで、心臓が摑《つか》まれたように締めつけられた。

（……レインに好きな人ができて……その相手に渡す……とか……）

レインは高校二年生になった。もうそろそろ、子どもと言える年齢は終わる頃だ。

誰かに恋など、とっくにしていてもおかしくはない。いや、しているのが普通だろう。

レインは好きな相手ができて、ケーキを贈りたくなった。だが養父である俺には言いづらく、ベスを頼った――そんな可能性はある。

（だとしたら、俺は……俺は――――世界一周の旅行にでも出ようかなあ!!）

――俺は、レインに恋をしている。

つい最近自覚したばかりで、自分でも信じたくはない。だが目を背けても四六時中膨らみ続ける恋心に、観念せざるをえなかった。

俺だって、まさか十八歳も離れた養い子に恋をするだなんて思ってもいなかった。異常だとわかっている。当然、墓まで持っていくつもりだ。

レインは魅力的だから仕方ない、想《おも》うだけで何も実行しないなら罪ではない、と自分に言い聞かせている。だが、俺には大きな懸念が一つあった。

自分の本当の【異能】のことだ。

俺の【異能】は『水操術』ランクC。タライから別のタライに水を移動させられる程度の能力だ。

しかしそれは【異能】であとから植え付けたもの。

生まれ持った真の【異能】は、『精神調律』ランクSSS――精神関係のことなら不可能はほぼない、災害級の力だ。

俺はかつて、この力を暴走させ、両親を洗脳したことがある。あの時は嫉妬が原因だった。

だからレインに恋したと気づいた時、俺は再び過ちを犯すのではないかと恐怖した。

もしレインに好きな相手ができればその時は、とにかく離れて現実から目を逸《そ》らす必要がある。

(くそ、いっそ一度でも抱かれていれば諦めもついたかもしれないのにな……いやいや、何を考えているんだ俺、犯罪だぞ。いやしかし俺って悪の総統だから犯罪は……いやいやよくないよくない正気に戻れ俺)

様々な邪念が頭に浮かんでしまう。

このままでは【異能】を悪用してレインの心の中を覗《のぞ》いてしまいそうだ。そこにもし、誰かへの恋心があったら――変化させてしまいかねない。

レインの幸せを奪う行為、それだけは絶対に嫌だった。

(しかし、想像だけでもきつい……とりあえず高飛びするか。勘違いだったら戻ってくればいいし)

俺はスマホを取り出し、今から乗れる飛行機のチケットを検索し始めた。

(思い切って地球の反対側にでも行くか。生活用品は現地調達でいいな)

幸い、最近は『悪の組織』のエログッズ事業が好評なおかげで給料が安定し、金はそこそこあった。

「ベス、オーブンを予熱しておいてくれ」

『わかりました。レインはこのボウルをかき混ぜておきなさい』

「これを混ぜるのか？　やっておこう」

ドア一枚隔てた向こう側で、俺が勝手に焦っていることを知らないレインとベスは、のんびりと作業を進めていた。

人と鳥で言葉は通じていないが、身振り手振りで意思疎通できている時もあって可愛い。動画で撮りたい。

俺はブラジル行きのチケットを購入し終えると、すぐさまスマホを録画モードにしてドアの隙間に向ける。そのタイミングで、ベスのスマホが震え始めた。

『む、電話のようです』

ベスは羽の下からスマホを取り出し、クチバシで器用に操作する。

どうやら、かかってきた電話をスピーカーモードにしたらしい。途端に流れ出す、賑《にぎ》やかな声。

『やっほー、今日もハッスル最前線のモリノミヤさんだよ〜!!　ベスちーにレインくん。ケーキの進捗はどう？』

『つつがなく進んでいますよ』

『あっはっは！　ベスちーの言葉はボクにはわからん！』

「問題ない。モリノミヤは予定通り十九時に来られるか？」

『もちろんちんのろんろんだよ〜つまりモチロンだよ〜。足で仕事をこなしながらオンラインゲームで対戦してるくらい余裕～』

「真面目に仕事をしろ」

『モリノミヤの足でのキーボードタイピング、どうやっているんですか。私もやりたいんですけど』

電話の相手はモリノミヤだった。どうやら十九時にこの家に来るらしい。

今は十六時を過ぎたところだ。ちなみに、俺の予定していた帰宅時間は二十時頃。

（あのケーキはやっぱり、モリノミヤ用だったのか）

モリノミヤのことだから、俺に内緒で俺の家で自分の誕生日をセッティングくらいはやりそうだ。

心から安堵《あんど》してしまう。

レインの恋人という存在は、想像するだけでもきつい。俺の視界に入らないことを願ってしまう。

どうやら今回は、願いが叶《かな》ったらしい。

『っていうかさー』

モリノミヤの言葉はまだ続いていた。間延びした声がゲームの戦闘音とともに、ベスのスマホのスピーカーから響く。

『そこに刹那っちいるよね？』

「…………!?」

『えっ？』

（は!?）

モリノミヤの言葉に、レインが息を呑《の》み、ベスがきょとんとし、俺は咄嗟《とっさ》に自分の口を塞いだ。

隠匿の異能道具は誰かが一定距離近づくか、一定以上の音を出すと解除されてしまうのだ。

『あれ、違った？　刹那っちのスマホのGPSがさ、十二分前にその家に入った記録あるんだけど』

「刹那は今日、台湾《たいわん》に日帰り出張のはずだが」

『私を国外に出す手続きがダルいからと置いていかれたんですよ!?』

『んー？　ちょっと調べ……ああ、向こうの天候がよくなくて、飛行機が欠航したみたい。急ぎの仕事もなかったから、直帰すると組織には連絡しているね。あ、帰り道の途中で異能道具店に寄ってる。大方《おおかた》、君たちを驚かせようと、『隠匿』の【異能】道具でも使ってこっそり帰宅したんじゃない？』

（大当たりだモリノミヤ。GPSの軌道と少しの情報だけで俺の思考まで完璧にトレースするな）

『っていうかさー』

二度目の「っていうかさー」だった。なんだか嫌な予感がする。

そして、こういう時の予感は当たるものだ。

『刹那っち、ブラジル行きのチケット買ってるんだけど。三分前にオンライン決済で、一人分だけ。今夜の最終便みたい……何か聞いてる？』

「ブラジル？　いや、初耳だ」

『刹那、今朝出かける前に、明日の朝ご飯のパン買って帰ると言っていましたよ。ブラジルに行くはずがない』

（秒で俺のサイト利用歴まで確認するなモリノミヤ!!　内部調査機関の長として有能すぎる……!!）

ゲームの音は止《や》んでいないのに、モリノミヤは仕事が早い。普段なら頼りになるが、今だけはその有能ぶりを恨んだ。

そして、有能といえばモリノミヤだけではない。レインもベスも、頭が切れるし判断力もある。

これだけの情報が揃えば、俺はすぐにでも見つかってしまうだろう。

(問いただされたらなんて答えたらいいんだ……とりあえず逃げよう……!!)

俺は物音を立てないよう気をつけながら、玄関に向かおうとする。だが突然、ポケットに入れていたスマホが軽快な音楽を流し始めた。

おかしい。俺はこんなこともあろうかと、家に入る前に設定をいじり、音が出ないようにしたはずだった。

設定をミスったのかと、すぐさま取り出す。しかし、電源ボタンを押してもスマホは止まらない。そもそも画面は待機状態のままで、なんの通知も来ていなかった。

そして、ようやく気づく。

音を出しているのは――誕生日にレインからもらった、スマホカバーの方だった。

(何か仕込まれていたのか……!!)

「『一切両断』」

思い至った瞬間、低い声とともに目の前の壁が細切れになり、崩れ落ちる。

ドアの隙間から覗き見ていた台所が、今は遮るものなく全て見えた。半眼で俺を眺めているベスも、腕を組んで睨《にら》みつけてくるレインも、余すところなく。

背筋を冷や汗が伝う。

音のせいで、『隠匿』の道具はとっくに効果を失っていた。

「や……やっほー……風通しよくなったな……」

とりあえず、口の端を持ち上げて手を振ってみる。

「刹那、ただいまの声は聞こえなかったが、その様子だと喉は無事だな？」

「う、うん……」

まずい、ものすごく怒っている。

無理もない、俺だってレインが突然、何も言わずブラジルに行こうとしたら怒る。さすがに一言くらいは相談してほしい。

音の鳴るスマホカバーを仕込んだ理由もわかっていた。俺は昔から、レインが万が一誘拐や脅迫される可能性などを考えて、様々な手段で位置が特定できるような仕込みをいくつか行っている。

レインも俺に、同じ様な仕込みをしていたのだろう。スマホカバーは、レインの操作によって音楽を鳴らすものだったらしい。

有事ではなく、俺の逃亡阻止に使われたわけだが。

「刹那」

崩れ落ちた壁を踏み越え、レインがゆっくりと近づいてくる。

後ずさろうとしたが、力強い羽音とともにベスが頭上を飛び越え、俺の背後を塞ぐように降り立った。

『逃がしませんよ、刹那』

「べ、ベスまで……!?」

『チケットが一枚きりだったようなので。私の巣が私を置いていっていいと思っています……!?』

「いつも言ってるだろ、ベスを国外に連れ出すのは色々と大変なんだよ……!!　絶滅種だし、目立つし……」

憤慨するベスに言い訳をしようとしゃがんだ俺の鼻先を、何かが通り過ぎる。

硬直したまま横目で見ると、レインの足が壁を蹴りつけていた。いわゆる壁ドンの足バージョンだ。

見上げる俺に、レインは美しく微笑《ほほえ》んだ。真正面から見てしまい、心臓が不規則に跳ねる。

生まれて初めての恋をしたばかりの俺には、この笑顔は劇薬だ。顔に血が集まっていく。

まあ、そんな血の気もレインの言葉ですぐに引くことになるんだが。

「なぜ黙ってブラジルに行こうとしていたか、説明してもらおうか、刹那？」


リビングのソファに座らされた俺は、三十分近く一人と一羽からの尋問を受けていた。

「……今までの話をまとめると、刹那は台湾出張がなくなった反動で飛行機に乗りたくて仕方がなくなり、衝動的にチケットを買ったと。よくもそんなに堂々と、あからさまな嘘《うそ》をつけるな」

「話したくないってことだけ伝わればよかったから……」

「開き直るな」

本当の理由は当然、言えるはずがない。しかし間違って購入したというのは信憑《しんぴょう》性が薄く、クレジットカードの不正利用だと嘘をつけば事が大きくなる。

だから、適当な理由を捏造《ねつぞう》した。さんざん俺から恋愛相談されているベスは途中で薄々と気づいたらしく今は遠い目をしているが、レインはやはり納得してくれない。

「本当に一人で行くつもりだったのか？　もしくは、現地で誰かと会う予定が？」

「いや、全くの無計画だったから、同行者とか予定とかあるはずない。これは本当」

「……あなたのことだから、現地で誰かたらしこんで拾ってくるつもりだったんじゃないか？」

「たらし……!? 待て、俺そんなホイホイ拾ったりしたことないだろ!?」

「俺とベス」

「したことあった……」

「それに、あなたに従っている幹部たちも、そこかしこで拾ってきた人材だろう」

「あいつらは、喧嘩《けんか》したり飯食ったりしているうちに、勝手についてくるようになっただけで……」

反論してみるも声が尻すぼみになってしまう。現在の『悪の組織』の幹部たちからは、酒の席で冗談交じりに「オレらは総統にたらしこまれたからな～」と言われるからだ。

出会った場所はバラバラだが、大抵最初は険悪で、そのうちに仲良くなった。レインとベスと似たような感じだ。

例外は一人。出会った当初から親密に接してきた幼馴染、モリノミヤくらいか。

「と、そうだ。レインとベスだって、俺に内緒でモリノミヤの誕生日会やろうとしてただろ……!!」

盗み見がバレた以上、俺も開き直って問いただす。誘ってほしかった!!

だが、俺の言葉に一人と一羽は怪訝《けげん》な顔を見合わせる。

「モリノミヤの誕生日会など予定にない。あるわけがない」

「え……でも今日はモリノミヤの誕生日で」

『刹那っち、ボクって人によって違う誕生日を伝えてるし、履歴書とかも全部嘘だよ!』

戸惑っていると、ベスの懐からスマホ越しの声が響く。

「モリノミヤ、まだ電話繋《つな》がってたのか……って、嘘?」

『うん。三百六十六人に違う誕生日を伝えたら、毎日が誕生日になるって寸法さ!』

「はあ……!? じゃあ、あのケーキはなんなんだよ」

モリノミヤの誕生日が嘘だというのは、すぐに納得ができた。なにせモリノミヤは履歴書の名前欄さえも「モリノミヤ」だからだ。提出先が『悪の組織』でなければ書類で落とされていただろう。

まあ、モリノミヤの誕生日はこれからも俺はこの日に祝えばいい。

問題はケーキだ。モリノミヤ宛でないのなら、あのケーキを食す幸運な人間は誰だと言うんだ。

強奪は諦める。だが一口でいいから分けてほしい。

『刹那……サプライズという文化はわかりますね？』

ベスが足元にトコトコと歩み寄り、俺を見上げてきた。なぜか呆《あき》れ顔をしている。

「サプライズ……？ そりゃまあ、普通に知ってるけど」

「……それなのに、どうして思い当たらないんだ、刹那」

レインが隣に座り、肩を抱き寄せてくる。赤みがかった金色の目に覗き込まれ、心臓が跳ねた。

「作ろうとしていたのは、あなたのためのケーキだ、刹那」

「………………え？」

胸を押さえながら、告げられたことを咀嚼する。

あなたのためのケーキ。あなたの……俺のための、ケーキ？

「先日、いい茶葉が手に入ったと言っていただろう。その紅茶が楽しめる夕食とデザートのサプライズを、ベスと企画した。調べたら一番合うのはショートケーキとあったから、作ることにしたんだ」

『あなたは自分の誕生日の外食代すら自分で払いますから、たまには何かしてやりたいとレインが。ケーキの卵はもちろん私の産みたて、産地直送ですからね！』

『ボクは刹那っち好みのオードブルとワインの調達を頼まれたのさ～。刹那っちと一番飲みにいってるのはボクだからねえ』

「サプライズがバレた以上直接聞くが、他に何か希望はないか、刹那。……どうした？」

「………ッ、ごめ……ちょっと……嬉《うれ》しすぎて……」

怒涛《どとう》の情報量を咀嚼しきった時、俺は涙をこらえるのに必死だった。

嬉し涙だ。次々に溢れ出す喜びで、言葉も詰まる。

――俺はずっと、ケーキが苦手だった。でも、食べられたらいいのになと、しょっちゅう思っていた。俺が最も愛する嗜好《しこう》品である紅茶は、ケーキと合うらしいからだ。

誰にも言ったことがなく、叶うことすら諦めていた願望。

なのにレインとベスは、俺がケーキが苦手だと知らないまま、叶えてくれようとしている。

こんなに嬉しいことはそうそうない。

だが、レインもベスも憮然《ぶぜん》とした様子で、ぐんと顔を近づけてきた。

「刹那、この程度で満足するな。望むことがあるならなんでも言え、何年かかっても叶えるから」

『そうですよ刹那！　いっそ今すぐキスでもねだりなさい！　ほら早く！』

(き、キス!?)

思わずレインの唇を見てしまい、すぐさま顔を逸らす。とんでもないことを言うベスめ。レインには言葉が通じなくてよかった。

キスなんて、当然論外だ。俺がいかに『悪の組織』の総統でも、見逃されるはずがない犯罪行為。

――だがもし本当に、どんな望みであってもレインが叶えてくれるというのなら。

ふと、頭をよぎった光景がある。

先ほど帰宅途中で見た、一組の高校生カップルだ。照れくさそうに恋人繋ぎをして、仲睦《むつ》まじげに歩いていた。

その光景に、強烈に憧れた。

俺は高校生活も青春も経験がないから、あのカップルの心境は想像すら難しい。

だが、きっと幸せなのだろう。

俺は、レインと——初めて好きになった人と、そんな幸せを味わってみたかった。

一度だけ、一瞬だけでもいいから、並んで歩き、恋人繋ぎをしてみたい。

——こんなことを考える自分を嫌悪する。

もちろん、口に出すつもりは毛頭ない。ただの愚かな妄想だ。

こんな気持ち悪い男には、いつかレインが恋人や伴侶を連れてきた時、祝福するという罰が待っている。

それでいい。早く罰が訪れて、この恋を粉砕してくれと願う。

でも今は、最優先ですべきことがあった。最愛の皆への感謝だ。

俺は姿勢を正し、満面の笑顔を浮かべた。

「十分だよ。本当にありがとうレイン、ベス。モリノミヤも」

我ながらかなり上手《うま》く取り繕えた。

だが、ベスは不満げに俺の膝に乗って丸くなり、レインは眉間に皺《しわ》を刻む。

レインはおもむろに、俺の顎を摑んで目を合わせた。

「覚悟していろよ、刹那」

「ん？」

赤みがかった金色の瞳に見惚《みと》れそうになるのを、必死に隠す。

「いつか、あなたが心に秘めた望みを全て叶えてやるからな」

「なんだよそれ。あはは、楽しみにしとく」

あとがきにかえて

「ベス、昼食はどうする？」

帰宅したレインが手を洗いながら問いかけてきた。高校一年生のレインは、今日からしばらく中間テスト期間で、昼前には帰宅する。

刹那《せつな》は今日から数日間、単身での海外出張で留守だった。出発前に「レインが大変な時期に傍《そば》にいられないなんて……」と深く嘆いていたが、レインの学力ならば高校の試験程度、居眠りしながらでも解けるだろう。

実際、帰ってきたレインはいつもと何も変化がなく、今日もただの日常を過ごすフリをしてきたのだとわかる。この子どもは、刹那を喜ばせたいという理由で年相応の暮らしをしているが、本来は学力も体力も【異能】も、全てが規格外だ。しかし、当人は『刹那の可愛い養い子』としての生活を楽しんでいるため、私からは言うことは何もない。人の趣味はそれぞれだから。

『私は、食事は結構です』

「だめだ」

首を横に振ってみせると、レインは微笑《ほほえ》む。

千年生きてきたが、これほど美しい笑顔はそうそうない。人を狂わせることさえあるだろう。私は鳥なので特に狂いはしないが、末恐ろしさに鳥肌が立つことはあった。生まれた時から鳥肌だが。

「ベス。刹那のことだから確実に、昼と夜は何を食べたか聞いてくるぞ」

『ぐっ……確かに、そうでしょうね』

レインの脅し文句は、てきめんに効果があった。

愛情と食事をたらふく与えてくる刹那は、自分がいない時に私たちが食事をとれているかを気にかけてくる。

おそらく今夜——日本時間の今夜に合わせビデオ通話をかけてきて、きちんと食べたのか、美味しいものを楽しく食べられたかを気にしてくるだろう。

そんな刹那のせいでレインも、不本意ながら私も、すっかり食事という行為が好きになってしまった。太りたくないのに……。

刹那がいない時くらいは食事を抜こうとしても、結局はレインに言いくるめられて食べさせられてしまう。この男、誰に似たのか搦《から》め手を使いこなすようになってきたものだ。

『……まあいいでしょう。そうだ、せっかくですし、豪勢にいきましょうか』

どうせなら、テスト期間のレインを激励するような食事にしようと思い立つ。我が終《つい》の巣である刹那ならそうしただろうし、私自身も一応はレインの保護者だ。心境としては刹那に対する庇護者仲間だが、家族というくくりの中では、レインは私の弟あるいは息子に近い。

そのため、ポケットマネーで豪勢な食事を用意することに特に躊躇はなかった。

『レイン、何か食べたいものはありますか?』

「出前をとるのか? チャーハンでも作ろうかと思ったんだが。刹那の作り置きもある」

『たまには店屋物もいいでしょう? 刹那が早く帰って来たがるくらい、注文してやりましょう』

家族として長い時間を共に過ごしているレインは、鳥である私の言葉がわからなくても、ある程度の意思を汲み取ってくれる。出前のチラシが入ったカゴを引っ張りながらクルルと悪い声を上げた私に、レインはニヤリと笑い返した。

「見ていないところでベスが沢山食べたと知れば、利那は悔しがるだろうな」

『悔しがればいいんです。海外に行く時は躊躇なく私を置いていく薄情者め……』

一人と一羽で顔を突き合わせ、チラシの束をめくっていく。最近の出前は、世界各地の料理からデザートまでなんでもあった。

「この丼店、ベスが好きそうだな。見たことがないメニューも多い」

『いいですねえ。気になるのは全部注文しましょう。ああ、こっちの店のドカ盛セット、食べ盛りのあなたに丁度いいのでは？』

「……ベス、俺も一応、体型には気を使っている」

『あなたもでしたか。利那はあなたが丸くても、健康に害がない限りは喜びそうなものですけどね』

「俺たちに食べさせようとする以上に、利那自身にも沢山食べてほしいんだがな」

『本当、その通りですよ……』

喋りながら、レインがネットでどんどん注文していく。

最終的に、届いた料理は四人がけのテーブルを埋め尽くした。冷蔵と冷凍をしておけば、利那が返ってくる日まで食事を作る必要はなさそうだ。

「すごい量になったな。写真を利那に送ろう」

『ベスがどこにいるかクイズもしましょう』

「……写真だと意外とわからないな、アサイーボウルに擬態したベス」

写真を刹那に送った後、昼食をとっていると返信があった。『美味しそう！　俺も食べたい！　ベスがどこにいるかは五分探した』という文章に、笑顔の絵文字付きだ。

それを見て私は、そしておそらくレインも、この場に刹那がいたらもっと楽しい食事になっただろうと考えた。

「ベス。刹那が戻って来る日は、今日よりも多く注文しないか？」

『いいですね。冷蔵庫に入り切らない量を用意してやりましょう』

頷いて翼を広げると、レインがぎゅっと摑《つか》んだ。家族としての、誓いの握手だ。

『ああレイン、ちょっと待って』

「なんだ？」

食後、自室に戻ろうとしたレインを呼び止め、向かったのはリビング。レインが洗い物をしている間に、色々とセッティングしておいたのだ。

ポップコーンとジュース。そしてテレビには、映画やドラマの動画配信サービスのトップページ。

今日は、面白いと地上波で話題になっていたサスペンスドラマが配信開始する日だった。

『せっかくなので、刹那がいてはできない、悪いことをしませんか？』

どうせ、レインにテスト勉強は必要ない。刹那がいない寂《さび》しさを紛らわせるためにほんの一日、羽目を外すくらいはいいだろう。刹那という保護者がいない今、我々は共犯者になることができる。

レインは、楽しげに笑った。

「いいアイデアだ。受けて立とう」

サスペンスドラマは非常に面白く、私たちは考察をしながら、夜ふかししたのだった。

【初出】

一章　総統閣下の茶飲み友達
(小説投稿サイト「ムーンライトノベルズ」にて発表)

二章　総統閣下の探し人
(小説投稿サイト「ムーンライトノベルズ」にて発表)

番外編　総統閣下と家族の話
(小説投稿サイト「ムーンライトノベルズ」にて発表)

番外編　719号に献身
(小説投稿サイト「ムーンライトノベルズ」にて発表)

番外編　刹那に知った恋
(小説投稿サイト「ムーンライトノベルズ」にて発表)

番外編　最愛のケーキ
(小説投稿サイト「ムーンライトノベルズ」にて発表)

あとがきにかえて
(書き下ろし)

悪の総統は逃げたつがいを探している 上

2025年2月28日 第1刷発行

著　者　梅《うめ》したら
イラスト　練馬《ねりま》ｚｉｍ《じむ》
発行人　石原正康
発行元　株式会社 幻冬舎コミックス
〒151-0051 東京都渋谷区千駄ヶ谷4-9-7
電話03（5411）6431（編集）
発売元　株式会社 幻冬舎
〒151-0051 東京都渋谷区千駄ヶ谷4-9-7
電話03（5411）6222（営業）
振替 00120-8-767643
デザイン　kotoyo design
印刷・製本所　株式会社 光邦